Täglich ereignet sich Weihnachten

Ein Lesebuch fürs ganze Jahr

Meiner Ehefrau Ilse zum Geburtstagsjubiläum
am 22. Januar 2014 in Liebe und Dankbarkeit gewidmet

Inhalt

Vorwort 4
Weihnachten täglich 5
Die Geschichte eines Weihnachtsliedes 6
"O du fröhliche" 6
Die schönste Zeit im Leben ukrainischer
Zwangsarbeiterinnen 11
Menschlichkeit unter Erbfeinden 15
Freund und Feind reichen sich bei der Christmette 1945
die Hand zum Friedensgruß 16
Versöhnungsbereitschaft zwischen Deutschen und Polen
mitten im Kalten Krieg 20
Friede und Freundschaft zwischen Westdeutschen und
Ukrainern 23
Die Renaissance der russisch-orthodoxen Kirche 27
Eine Oase der Geborgenheit für verwahrloste Kinder in
Russland 29
Ein Engel im Heim 30
Das Haus des Lebens 35
Geborgenheit in der Villa südSee 39
Ein Rettungsanker für Hilfe Suchende: Die
Bahnhofsmission 43
Die Anonymen Alkoholiker - ein Rettungsanker für
Suchtkranke 44
Eine Wunderheilung 46
Die Leuchtkraft der Stadt auf dem Berge 47
Eine Bescherung 51
Der Engel von den Philippinen 53
Gebet der seligen Myriam von Abbelin 56
Vom Terroristen zum Jünger Jesu 57
Die guten Hirten von Homs 59
Eine moderne Heilige 61

Weihnachten 1995 66
Eine Weihnachtsgeschichte 69

Impressum

Dr. Wolfgang Link, Gengenbach 2014

Alle Rechte liegen beim Autor

Herstellung und Verlag: Books on Demand, Norderstedt

Gestaltung des Umschlags: David Zimmermann, Altenheim

ISBN 978-3-7357-9917-3

Vorwort

Weihnachten kann sich täglich ereignen. Davon erzählen die Beiträge in dem vorliegenden Buch. Alle darin enthaltenen Geschichten sind authentisch. Sie beruhen auf Wahrheit, nicht auf Dichtung. Zur Wahrung der Vertraulichkeit wurden die mit Sternchen gekennzeichneten Namen geändert. Soweit nicht ausdrücklich vermerkt, stammen die Erzählungen vom Herausgeber.

Alle, die die darin enthaltenen Tatsachen mir anvertraut und zur Veröffentlichung freigegeben haben, sei an dieser Stelle ganz herzlich gedankt, insbesondere dem Haus La Verna, Gengenbach und dem Haus des Lebens Offenburg, ebenso auch den Eheleuten Birgit und Heino Bruns für die sorgfältige Korrektur des Manuskriptes.

Möge auch Ihnen, liebe Leser, viele Weihnachtserlebnisse unterm Jahr zuteil werden. Dazu können die in der vorliegenden Schrift enthaltenen Begebenheiten Sie sensibilisieren.

Gengenbach, im Advent 2013

Weihnachten täglich

Wenn du mich anlächelst,
wenn du mir Verständnis entgegenbringst, wo andere mich nicht verstehen,
wenn du mich an deinen Freuden teilnehmen lässt,
wenn du mir trotz Müdigkeit Zeit schenkst,
wenn du unerwartet mich mit etwas Besonderem überraschst,
wenn du mir in allen Lebenslagen ein guter Freund bist,
wenn du zu mir ja sagst und du mich so annimmst, so wie ich bin,
wenn wir uns vergeben,
wenn du mit deiner Herzenswärme den grauen Alltag erhellst,
wenn jede Begegnung zum Fest wird -
wenn Gegner sich die Hand reichen,
wenn aus Feinden Freunde werden,
wenn Liebe und Barmherzigkeit Hass und Gewalt besiegen,
wenn Wahrheit und Gerechtigkeit an Stelle von Lüge und Betrug treten,

**dann wird Christus in dir geboren
dann ereignet sich Weihnachten.**

Die Geschichte eines Weihnachtsliedes

"O du fröhliche"
Im Schatten des Todes von seinen Kindern

Der Begründer der Sozialarbeit: Johannes Daniel Falk

Von Beate und Winrich Schefbuch
aus idea spezial 7/2011 (leicht gekürzt)

Johannes Daniel Falk (1768- 1826) lebte als gefeierter Dichter und Literat im "Kulturzentrum" Weimar. Befreundet mit Goethe, Weiland und Herder war er ein geachteter Mann und dichtete am liebsten ironische und bissige Spottverse. Dem Christentum war er kaum noch verbunden, hatte der Rationalismus der Zeit ihn ganz in seinen Bann gezogen. Der fast gleichzeitige Tod seiner vier Kinder brachte ihn schließlich zum Umdenken - er entdeckte das Elend der vielen Kinder des Krieges und schrieb schließlich eines unserer schönsten Weihnachtslieder: "O du fröhliche"

In der Völkerschlacht von Leipzig 1813 hausten über eine halbe Million Soldaten wie die Barbaren und hatten auch Weimar besetzt. Häuser wurden angezündet, Vieh geraubt und geschlachtet, der Hausrat geplündert. Der brutale Krieg brachte unvorstellbares Leid über die Bevölkerung und dem Krieg folgten die Krankheiten -

Typhus brach aus. Im Haus des Legationsrates Johannes Daniel Falk erkrankten alle Kinder. Zuerst starb der einjährige Roderich, dann die zwei Monate alte Cäcilie. Wenig später war die sechsjährige Eugenie tot, zwei Wochen darauf auch der dreijährige Guido. Auch Falk selbst lag wochenlang krank im Bett.
Mitten in Verzweiflung und Trauer kam es zu einer durchgreifenden Wende im Leben von Johannes Falk. Einst hatte er mit dem christlichen Glauben gebrochen und sein Theologiestudium an den Nagel gehängt. Jetzt aber - erschüttert vom Tod seiner vier Kinder- schrieb er: Erst als ich merkte, wie hart Gott gegen mich sein musste, da bin ich barmherzig geworden. Der Mann der spöttischen Satire wurde zum selbstlosen Helfer in großer Not.

"Vergiss nie, wie arm du warst"
Johannes Falk erinnerte sich auch wieder an seine alte Heimat Danzig, wo er im Haus eines Perückenmachers geboren wurde. Die Familie mit sieben Kindern war arm. Der Vater musste den Jungen schon mit 10 Jahren von der Schule nehmen. Die Stadtväter von Danzig aber boten dem begabten Jungen den kostenlosen Besuch der Lateinschule an und finanzierten ihm auch später das Universitätsstudium. Als Johannes 1791 das Stipendium übergeben wurde, schärften ihm die Stadtväter ein: Geh mit Gott! Du bleibst unser Schuldner. Zahlen musst du diese Schuld. Wir haben dich als Kind mit Liebe gepflegt. Wenn ein armes Kind an deine Tür klopft, vergiss nie, wie arm du selbst warst!
Und jetzt - im schlimmen Elend der napoleonischen Kriege - irrten Tausende von Straßenkindern, arme und

verwilderte Waisen, bettelnd und stehlend durchs Land. Johannes Falk, tief getroffen vom schweren Verlust seiner Kinder, erinnerte sich wieder an die Mahnungen von damals. Wirklich, da standen zerlumpte Kinder vor seiner Tür und er nahm sie bei sich auf. Johannes Falk gründete den Verein "Freunde in der Not" und mietete ein leerstehendes Haus an. Seine Schriftstellerei war ihm plötzlich nicht mehr wichtig.

Beginn der pädagogischen Arbeit
Er nahm die hungernden und heimatlosen Kinder nicht nur auf, sondern fand bei diesen Kindern auch seine pädagogische Lebensaufgabe. Der hilflose Staat sperrte damals die streunenden Kinder in Arbeitshäuser ein. Falk setzte auf Erziehung statt auf Strafe und begeisterte die Kinder mit Spielen, Liedern und seinen meisterhaften Erzählungen. Daneben baute er für seine Kinder eine eigene Schule auf und bemühte sich um Ausbildungsplätze für Lehrlinge in handwerklichen Berufen. Die damals unglaublich große Zahl von über 100 Kindern wurde versorgt. Insgesamt hat Johannes Falk mehr als 500 Kinder für ihr ganzes Leben entscheidend geprägt. ...

Kinder von Mördern beten
Falk erkannte, wie wichtig es neben einer soliden Berufsausbildung war, diese Kinder zu einem lebendigen und tätigen Glauben zu Jesus Christus zu erziehen. "Kinder von Räubern und Mördern singen Psalmen und beten," schrieb Falk in einem Brief. "Knaben verfertigen Schlösser aus dem schmählichen Eisen, das ihren Händen und Füßen bestimmt war, und bauen Häuser, die

sie früher nur aufzubrechen verstanden. Ja, es ist wahrlich so, wo Ketten und Fußblöcke, wo Peitsche und Gefängnis nichts vermögen, trägt die Liebe den Sieg davon.!
Das Leid lag weiter schwer über der Familie Falk. 1819 starb der 19jährige hoffnungsvolle Sohn Eduard an Hirnhautentzündung, als er eben sein Studium an der Universität beginnen wollte. ... Bald nach dem Einzug im Lutherhof starb auch noch das letzte verbliebene Kind - die 16jährige Angelika - sein Sonnenschein.
Ich habe den Herrn Jesus erst recht unter dem Kreuz erkannt, schrieb Johannes Falk einmal. So geben meine Lieder einen anderen Klang als früher. Und ich freue mich, dass ich auch den Ton treffe, der den Kindern an das Herz geht. Ich freue mich an der Geschwindigkeit, mit der sie meine Lieder lernen.

Geben ist seliger als Nehmen
Der Höhepunkt der Feste war der Weihnachtsabend. Aus den Werkstätten und Häusern kamen die Kinder durch den Schnee in den Saal, in dem drei Christbäume geschmückt waren. Auf der langen Tafel waren viele Geschenke. Falk legte Wert darauf, dass nicht nur reiche Bürger der Stadt die Kinder beschenkten, sondern die Kinder selbst einander erfreuten. Geben ist seliger als nehmen! Nach diesem Bibelwort handelten die Kinder. ....Falk erzählte einmal: Nimmer hätte ich's geglaubt, dass mir mein Gott die Gabe der volkstümlichen, kindlichen Rede verliehen hätte. Ich danke ihm dafür von Herzen. .... Mir gehen die Augen über, wenn nun die Kinder mit ihren glückselig strahlenden Augen das Lied anstimmen, das ich für sie gedichtet habe.

An Weihnachten 1816 war Johannes Falk krank. Für das Fest mit seinen Kindern hatte er nach der Melodie eines alten sizilianischen Volkslieds die eine Strophe gedichtet:
*O du fröhliche, o du selige,
gnadenbringende Weihnachtszeit!
Welt ging verloren, Christ ist geboren,
freue, freue dich o Christenheit.*

Dazu kamen zwei weitere Verse für Ostern und Pfingsten als Dreifeiertagslied. Später brachte Heinrich Holzschuher (1798-1847), der früher bei Falk in Weimar in der Erziehungsarbeit half und dann als Fürsorger in Gefängnissen und Erziehungsheimen wirkte, das Lied in die jetzige Form:

*O du fröhliche, o du selige,
gnadenbringende Weihnachtszeit!
Christ ist erschienen, uns zu versühnen:
Freue, freue dich, o Christenheit!*

*O du fröhliche, o du selige,
Gnadenbringende Weihnachtszeit!
Himmlische Heere jauchzen Dir Ehre:
Freue, freue dich o Christenheit!*

Abdruck mit freundlicher Genehmigung von idea Spektrum Wetzlar

Die schönste Zeit im Leben ukrainischer Zwangsarbeiterinnen

Juli 1942. Kilometer lange, mit Zwangsarbeiterinnen vollgepferchte Züge rollen aus der von der Wehrmacht besetzten Ukraine ins Deutsche Reich. Die Insassen, ausgehungert, müde und verängstigt, gehen einem ungewissen Schicksal entgegen. Was wird sie im Feindesland erwarten? Schlimmer als während des stalinistischen Terrors kann es wohl nicht werden. Nachdem sich ukrainische Bauern der Zwangskollektivierung widersetzt hatten, ließ der rote Diktator an die 10 Millionen Menschen gezielt aushungern. Olga, so hieß eine der wenigen Überlebenden aus ihrem Dorf, verlor ihren Vater. Denn dieser war nicht bereit, sich dem kommunistischen Terror zu beugen. Ihre Mutter wurde von Milizionären erschossen, weil sie Lebensmittel im Haus versteckt hatte. Es ging das Gerücht, selbst in den Konzentrationslager der Nazi gehe es den Gefangenen besser. Immerhin erhielten sie etwas zu essen, wenn auch weit unter dem Existenzminimum.
Nach Tagen qualvollen Bangens erreichten sie ihren Einsatzort: Eine Maschinenfabrik in Wuppertal, die Teile für Flakgeschütze herstellte. Ihr erster Eindruck: Lichte, gut eingerichtete Fabrikhallen, Menschen, die sie freundlich begrüßten und willkommen hießen. Überwältigt waren sie vom Empfang durch den Juniorchef Ernst Thielenhaus: Er begrüßte sie mit den Worten: "Ihr werdet genauso behandelt wie die

Deutschen." Jede erhielt eine Tätigkeit, die ihre Kräfte nicht überforderte. Die Arbeitszeiten waren geregelt. In der Freizeit förderte der Abteilungsleiter Aktivitäten wie das Singen ukrainischer Lieder, Volkstänze und das Erzählen von Geschichten. Die Unterbringung war human. Nach anfänglichen Sprachschwierigkeiten kamen sich Deutsche und Ukrainerinnen näher. Es entstanden Freundschaften, die jahrzehntelang Bestand hatten. Wie war das möglich, obwohl Fraternisierung von den Nazis streng verboten war? Die Fabrikantenfamilie gehörten der Bekennenden Kirche an, die die NS-Ideologie und den damit verbundenen Terror entschieden ablehnten. Sie lebten Christsein über politische Schranken glaubwürdig. Die Ehefrau des Firmengründers antwortete auf die Frage einer NS-Gruppenleiterin, warum ihre Tochter Ilse sonntags nicht zum Dienst antrete: "Dass Sie es wissen, meine Tochter geht sonntags in die Kirche!"

Auch ihr Ehemann bewies Bekennermut. Als 20 SA-Männer an einem Sonntag des Jahres 1938 den Eingang zum Gottesdienstraum blockierten und 50 Gläubige tatenlos herumstanden, bahnte er sich und den Mitchristen mit aller Entschlossenheit den Weg ins Gotteshaus, gefolgt von weiteren Besuchern. Er sagte zu ihnen "Habt vor niemandem Angst!"

Im dritten Kriegsjahr kam es in seiner Fabrik zu folgender Begebenheit: Auf Anfrage von zwei SA-Männern, warum kein Firmenmitarbeiter der NSDAP' angehöre, bekannte sich der Firmengründer in aller Deutlichkeit zu seiner NS-Gegnerschaft. Es kam zu einem heftigen Schlagabtausch, der mit einem Rausschmiss der beiden Eindringlinge endete. Dies blieb

nicht ohne Folgen: Kurz darauf wurde er von der Gestapo verhaftet und ins Gefängnis geworfen, wo er sechs Tage unschuldig einsaß. Seinem Sohn, dem Juniorchef, ist es zu verdanken, dass er vorzeitig aus der Haft entlassen wurde. Diese betonte die notwendige Leitung der Firma durch seinen Vater bei der Produktion von Teilen für die Flugabwehr.
Die mutige Haltung hätte für die ganze Familie Jahre KZ bedeuten können.
Nach dem Einmarsch der Alliierten wurden die ukrainischen Zwangsarbeiterinnen in die Sowjetunion entlassen. Stalin ordnete jahrzehntelange Zwangsarbeit im Archipel Gulag an, weil sie als Kollaborateure der Deutschen galten. (Gulag: Abkürzung für Hauptverwaltung der sowjetischen Zwangsarbeitslager, von Stalin 1929 gegründet , hauptsächlich für politische Gegner) Hunderttausende Gulag-Häftlinge überlebten die grausamen Haftbedingungen in den "Besserungsarbeitslagern" nicht.
(s. A.Solchenizin: Archipel Gulag)
Sein Sohn Dietrich Thielenhaus ergänzt:
1 "Unser Vater hat die Damen über Jahrzehnte hinweg mit monatlichen Zahlungen von je 50 US-Dollar unterstützt, was den Lebensstandard deutlich verbessert hat.
2. Und er hat die Damen in den Siebziger und Achtziger Jahren - selbstverständlich auf seine Kosten - mehrfach nach Wuppertal eingeladen., wo sie nicht nur neu eingekleidet, sondern auch ärztlich behandelt und versorgt worden sind.
3. Unser Vater hat diese Wahrnehmung einer ganz speziellen Verantwortung offenbar für selbstverständlich

gehalten und erst sehr viel später davon erzählt ".
Alle sagten einmütig, der Aufenthalt in Deutschland sei
die schönste Zeit in ihrem Leben gewesen.

Unternehmensgründer Ernst Thielenhaus sen. und seine
Ehefrau Lydia

Ernst Thielenhaus jun.
und seine Schwester
Ilse (m.)

Menschlichkeit unter Erbfeinden

Berlin Frühjahr 1942. Im dritten Kriegsjahr nimmt das Leiden der Zivilbevölkerung ständig zu. Fliegeralarm, Bombardierungen, Nahrungsmittelknappheit, Terror durch die SS gegen alle Regimekritiker gehören zum Alltag. Besonders davon betroffen sind Kriegsgefangene, unter ihnen ein hoher französischer Offizier. Um sich vor der drohenden Deportation in ein KZ zu entziehen, vertraut er sich einem hochrangigen Mitarbeiter des Ministeriums für Land- und Forstwirtschaft an. Obwohl Herr Förster* dort eine einflussreiche Stellung innehatte, stand er von Anfang an den Braunhemden kritisch gegenüber und trat trotz Drängens seines Vorgesetzten nie in die NSDAP ein. Herr Förster erkannte die Notlage von Herrn Francois und nahm ihn kurz entschlossen in seine Wohnung auf. Damit riskierte er selbst Verhaftung und Abtransport ins KZ. Um ihn zu verstecken, quartierte er ihn in den Keller seines Hauses ein, ein gefährliches 'Unterfangen. Was würde passieren, wenn der Blockwart, ein besonders linientreuer Nazi, dies entdecken und ihn denunzieren würde? Aber der Wille, einem Menschen in Not trotz Gefahr für Leib und Leben zu helfen, siegte über die Angst. Die Familie teilte mit dem Kriegsgefangenen die ohnehin knapp bemessenen, auf Lebensmittelkarten zugeteilten Essensrationen .Auch tat Herr Förster alles seinem Schützling den Umständen entsprechend das Leben erträglicher zu machen. So besorgte er ihm französische Bücher und kümmerte sich zusammen mit seiner Familie in der Freizeit um ihn. Es entstand zwischen ihnen, die von der NS-Doktrin als Erbfeinde galten, eine echter Freundschaft.

8. Mai 1945- Tag der bedingungslosen Kapitulation. Groß war der Hass der Sieger, die unter dem NS-Terror zu leiden hatten. Herr Förster, der in der französischen Besatzungszone wohnte, wurde als hoher Besamter wegen Verdachtes auf Mitgliedschaft in einer NS-Organisation verhaftet und mit vielen Mitgefangenen auf Lastwagen geladen. Ziel war eines der berüchtigten Lager in Frankreich. Allein in den Lagern der Westalliierten starben etwa 900000 Kriegsgefangene an Unterernährung und Krankheiten. Vollends war das Räumen von Minenfeldern ein Himmelfahrtskommando. Hoffnungslosigkeit machte sich bei allen breit, auch bei Herrn Förster. Da geschah das Unerwartete: Kurz vor Abfahrt des LKW kam eine Anweisung: Herr Förster, aussteigen! Sie sind frei. Dies hatte der Gefangene veranlasst, dem Herr Förster das Leben gerettet hatte. Menschlichkeit auf beiden Seiten in einer schwierigen Zeit, in der auf beiden Seiten brutale Verbrechen begangen wurden.

Freund und Feind reichen sich bei der Christmette 1945 die Hand zum Friedensgruß

Nach der Invasion alliierter Truppen im Frühsommer 1944 war auch für meinen Vater der Krieg vorbei, nicht aber weitere Leiden. Bei Brest wurden sie von französischen Soldaten gefangengenommen. Abgrundtiefer Hass und Rache nach den Gräueltaten der

SS erwartete sie. Obwohl mein Vater Gegner des NS-Staates war und als Funker nie einen Menschen erschossen hatte, musste auch er für die Verbrechen der Nazi büßen. So wurden sie auf dem Gefangenentransport von der Bevölkerung angespieen und mit Steinen beworfen. Die Truppe atmete auf bei der Nachricht, sie würden den Amerikanern übergeben. Die anfängliche Erleichterung wurde angesichts der Meldungen gedämpft, dass deutsche Gefangene nach Bekanntwerden der unsäglichen Verbrechen in KZs schlechter behandelt wurden. Laut Geschichtsschreibung der Siegermächte hatten alle bis 1945 (!) geborenen Deutschen Kollektivschuld. Die Bedenken, alle müssten für die Verbrechen der Nazi büßen, erwies sich im US-Gefangenenlager bei Brest als gegenstandslos. Leutnant Harold C. Oliver, der Kommandant des Lagers, behandelte die ihm zugeteilten Kriegsgefangenen korrekt. Seine Menschlichkeit erlebte mein Vater am eigenen Leib: Er sah seiner Statur an, dass er für Schwerarbeit, etwa beim Ausladen von Schiffen, nicht geeignet war. Daher gab er ihm die bevorzugte Stelle als Zahlmeister. Die Verpflegung der zumeist ausgemergelten Gefangenen war hervorragend: Die Mahlzeiten waren ausgewogen zusammengestellt. Keiner musste mehr Hunger leiden. Einzige Strafe: Bei Diebstahl musste der Ertappte bis zum Erbrechen das gestohlene Nahrungsmittel in sich hineinschlingen. Auch für das geistige Wohl sorgte der Kommandant: In der reichlich bemessenen Freizeit gab er den literarisch Interessierten Schreibzeug zum Notieren von Gedichten: Jeder konnte seinen Kameraden Verse aus dem Gedächtnis diktieren. So entstand eine ganze

Gedichtsammlung, die in meinem Bücherschrank bis heute in Ehren gehalten wird. Eines machte meinem Vater große Sorgen: Nachdem er von der Bombardierung unserer Heimatstadt Freiburg gehört hatte - 80 Prozent der Innenstadt wurden mit derselben teuflischen Perfektion wie in Dresden ausradiert - und er viele Monate keine Feldpost aus der Heimat erhielt, quälte ihn der Gedanke: Sind wir noch am Leben? Da erhielt er an Weihnachten 1945 die erlösende Botschaft: Alle Familienangehörigen haben das Inferno des immer grausamer werdenden Kriegsendes überlebt.

Unvergesslich ist für ihn eine Weihnachtsfeier im benachbarten Ort. Der Kommandant gab allen die Erlaubnis, der Christmette beizuwohnen. Nach anfänglichem Zögern fassten sie Mut und machten sich auf den Weg zur Kirche. Obwohl sie in der Prisoner of war Kleidung als Deutsche erkannt wurden, begrüßten die französischen Gläubigen sie mit einer unerwarteten Herzlichkeit, hießen die willkommen und schenkten ihnen ein Leib Brot als Weihnachtsgeschenk. Überwältigt vom feierlichen Gottesdienst mit den herrlichen bretonischen Weihnachtsliedern, reichten sich Freund und Feind beim Friedensgruß die Hand, Vorbote der knapp 20 Jahren danach von Adenauer und De Gaulle geschlossenen deutsch-französischen Freundschaft.

Ein halbes Jahr später rollten die Züge in Richtung Heimat. Bei aller Freude über das Wiedersehen war mein Vater schockiert über die Politik des Aushungerns durch die französische Besatzungsmacht. Im Schnitt gab es 900 Kalorien pro Person und Tag. Hass, Rache, Hunger und Kälte gehörten zum Alltag - Fortsetzung des Krieges mit anderen Mitteln. Nie wieder nach Frankreich - das hatte mein Vater sich fest vorgenommen. Diese Haltung änderte sich erst durch folgende Begegnung: Als Deutschlehrer an der Höheren Handelsschule wurde er von einem ranghohen Offizier, Vater einer Schülerin, zu sich nach Hause eingeladen. Es wurde ein Gespräch von Mensch zu Mensch, ebenfalls Vorbote der deutsch-französischen Freundschaft. Im Frieden schied er auch von einem ehemaligen Kriegsteilnehmer, der ihn wegen seiner NS-Gegnerschaft denunziert hatte. Beinahe wäre mein Vater deswegen ins KZ gekommen. Dies wurde in letzter Minute von einem meinem Vater gegenüber wohlwollend gesinnten SS-Mann verhindert. Den Übeltäter plagte nach dem Krieg das schlechte Gewissen, und erbat ihn um Vergebung. Auch diesem reichte mein Vater zur Versöhnung die Hand.

Mein Vater mit dem Gedichtband und einer Widmung des US-Kommandanten

Versöhnungsbereitschaft zwischen Deutschen und Polen mitten im Kalten Krieg

September 1939. Beginn des unseligen zweiten Weltkrieges. Auf Befehl Hitlers legte die Luftwaffe der Wehrmacht Warschau, eine der schönsten Städte Europas, in Schutt und Asche. Für die Überlebenden bedeutete dies nicht nur Verlust ihrer Wohnungen, Hunger und Kälte. Mit der Schreckensherrschaft der SS waren willkürliche Verhaftungen, Deportationen in Konzentrationslager, Folter und Erschießungen an der Tagesordnung. Fünf bis sechs Millionen Polen, das sind 17 Prozent der damaligen Gesamtbevölkerung, kamen in Folge des teuflischen Plans des wahnsinnigen braunen Diktators, Polen von der Landkarte zu streichen, ums Leben.

30 Jahre später. Auf einer Reise in die Sowjetunion konnte ich einen Eindruck von dem durch den Krieg und die kommunistische Diktatur geschundenem Land gewinnen. Die Gastfreundschaft der 'Polen war überwältigend. Freundlich begrüßte uns ein junger Mann in einwandfreiem Deutsch, der uns von Grenze zu Grenze begleitete und hieß uns in seiner Heimat herzlich willkommen.

In Tschtenstochau, einem beliebten Marienwallfahrtsort, erhielten wir einen Eindruck von der tiefen Religiosität der Bevölkerung. Diese war weder durch den Ungeist der NS-Ideologie noch durch den militanten Atheismus der Kommunisten gebrochen.

Im original wieder aufgebauten Warschau fiel uns beim Lesen der Gedenktafeln anlässlich des zweiten Weltkrieges auf: Nirgendwo wurden die Deutschen als

Täter genannt, sondern Hitler und die Faschisten- eine Geste der Versöhnung und dies während des Höhepunktes des Kalten Krieges zwischen Ost und West. Schon 1965 hatte der Kardinal von Krakau, Carol Woytila, der spätere Papst Johannes Paul ll, sich in einer Grußbotschaft an die Deutschen- entgegen der Doktrin der kommunistischen Partei Polens "Nicht vergeben, nicht vergessen- gewandt: "Wir vergeben und bitten um Vergebung." Dies bekräftigte Julius Kardinal Döpfner mit den Worten: "..Aber wie immer die von neuem geforderte innere Umkehr und Bekehrung vor Gott nur deshalb möglich ist, weil er sich von Gottes Liebe angenommen wissen darf, so brauchen wir in der Bewältigung der Vergangenheit wechselseitige Hilfe und Vergebung."

Diese Bereitschaft zur Vergebung erlebten wir bei der Stadtführerin von Warschau. Obwohl sie Zeitzeugin des NS-Terrors war, verspürten wir aus ihren Worten und Gesten viel Herzlichkeit, ohne dass sie die Wunden der Vergangenheit verschwieg. Mein Angebot, eines ihrer Kinder nach Deutschland einzuladen, musste sie ausschlagen, da dies auf Grund der politischen Großwetterlage damals nicht möglich war.

Jahrzehnte später. Nach dem Abschluss der '"Ostverträge durften ehemalige KZ-Häftlinge auf Einladung des 'Maximilian - Kolbe-Werkes nach Westdeutschland reisen. Diese nach dem Franziskanerpater Maximilian Kolbe genannte Einrichtung hat sich zur Aufgabe gemacht, ehemaligen KZ-Opfern zu helfen. Maximilian Kolbe ging freiwillig in der Hölle des Konzentrationslagers Auschwitz-Birkenau stellvertretend für einen Vater von zwei

Kindern in den Tod.
Die Einladung, einige Wochen nach West-Deutschland zukommen, nahmen als Zeichen der Versöhnung zahlreiche Überlebende KZ-Opfer an, unter ihnen auch Mariq und Telesfor, dessen Tätowierung mit einer KZ-Nummer am Arm ihn schon äußerlich als KZ-Opfer kennzeichnete. Wie werden sie sich in einem Land zurechtfinden, das sie nur aus ihren grauenvollen Erlebnissen im KZ kannten? Die erste Begegnung erlief trotz allem erfreulich: Die anfängliche Zurückhaltung wich nach wenigen Tagen. Bei guten Gesprächen von Mensch zu Mensch und bei gemeinsamen Unternehmungen entwickelten sich bald freundschaftliche Beziehungen. Die schlimme Vergangenheit kommentierte Telesfor mit den Worten: "Dies ist eine Menschheitstragödie, die sich in jedem Land wiederholen kann." Keine Vorwürfe von Kollektivschuld, stattdessen viel Herzlichkeit und Versöhnungsbereitschaft. Beim Abschied nahmen mich meine neuen Freunde in die Arme. Enttäuscht reagierten sie darauf, dass ich eine Gegeneinladung nach Posen nicht annehmen konnte. (Ich wurde in einem Steckbrief auf Russisch im ganzen Ostblock wegen Einsatzes für politisch Verfolgte im Rahmen der Internationalen Gesellschaft für Menschenrechte als "Terrorist" gesucht. Aus denselben Gründen musste ich auch eine Einladung des Bischofs von Krakau ablehnen, der sich für Lebensmittelpakete während der Hungersnot in Polen zu Beginn der Achtziger Jahre des vorigen Jahrhunderts erkenntlich zeigen wollte.)
Umso mehr freuten wir uns alle, als wir uns nach dem Fall des Eisernen Vorhangs wiedersahen. Obwohl Maria,

meine Gastgeberin als Rentnerin in bescheidenen Verhältnissen lebte, tat sie alles, um mir den Aufenthalt angenehm zu machen.

Auch beim darauffolgenden Besuch bei Telesfor wurde ich fast wie ein Familienangehöriger aufgenommen. Da er als Dirigent des Posener Orchesters stadtbekannt war, kam er mit vielen Passanten in meiner Gegenwart ins Gespräch. Bei allen Begegnungen erlebte ich nur Gutes. Offenbar dankten die Polen die groß angelegten Hilfsaktionen in Zeiten großen Hungers.

Ähnlich wie die Freundschaft mit Frankreich sehe ich die Aussöhnung mit Polen als eine der größten Errungenschaften der Nachkriegszeit, die an ein Wunder grenzt.

Friede und Freundschaft zwischen Westdeutschen und Ukrainern

Moskau August 1968. Mit dem Einmarsch der Truppen des Warschauer Paktes am 21. August 1968 zwecks Niederschlagung des Prager Frühlings erreichte der Kalte Krieg zwischen Ost und West einen erneuten Höhepunkt. Laut sowjetischer Propaganda sind die Soldaten der Roten Armee wegen Bedrohung durch die westdeutschen Militaristen und Revanchisten zu brüderlicher Hilfe eingeladen und gebeten worden. Frostige Atmosphäre herrschte in Großrussland gegenüber allen westlichen Besuchern, insbesondere gegen die westdeutschen "Kriegstreiber".

Um Fraternisierung zu verhindern, war es auch auf

Einladung verboten, ein russisches Privathaus zu betreten. Wagte dies ein Besucher trotzdem, drohte die Polizei mit sofortiger Ausweisung. Je weiter wir auf unserer Reise nach Süden kamen, desto weniger hielten sich die Menschen an Breschnews Anordnung. Am Kursker Bogen, wo 1943 eine entscheidende Panzerschlacht stattfand und neben der Tragödie von Stalingrad die Wende im Kampf gegen die Truppen der deutschen Wehrmacht eingeleitet wurde, wurde der 25. Jahrestag dieses Geschehens begangen. Eine Gruppe Ukrainer kam auf uns zu, begrüßte uns herzlich mit Handschlag und wünschte uns: "Mir i truschba, Woina njet (Friede und Freundschaft, kein Krieg) Es war eine Geste der Versöhnung, die mir unvergesslich blieb.

In Eriwan, der Hauptstadt Armeniens, wurden wir von einer Familie mit einer Herzlichkeit empfangen, die im "Feindesland" überwältigend war. Nach Überreichen einiger begehrter, in der Sowjetunion nur schwer erhältlicher Artikel wie Kaugummis, Kugelschreiber und Nylonhemden luden sie uns zu einem üppigen Abendessen ein und verwöhnten uns mit erlesenen Speisen aus der Region. Da ein 15 Jahre altes Mädchen gut Englisch sprach, kam ein lebendiges Gespräch zustande. Hierbei wurde auch über die aktuelle politische Lage gesprochen. Beim Abschied baten uns unsere Gastgeber wieder zu kommen. Das junge Mädchen wollte auch brieflich in Kontakt bleiben.

Eine weitere denkwürdige Begegnung hatte ich mit einer Stadtführerin in Sotschi am Schwarzen Meer. Sie lud mich zusammen mit einer DDR-Reisegruppe an den Sewan-See ein, einen herrlichen Bergsee, der von hohen Gipfeln des Kaukasus umgeben war. Sie platzierte mich

zum Ärger der DDR-Reiseleiterin in der vordersten Reihe. In der Mittagspause zog sie zusammen mit ihrer Freundin es vor, mit mir als dem Klassenfeind statt mit ihren sozialistischen Brüderchen aus dem Arbeiter- und Bauernparadies die Mittagspause zu verbringen. Nach einer von ihr gespendeten Fahrt mit einem Schnellboot lud ich die beiden zum Mittagessen ein. Wir wurden immer von den Genossen aus der besseren Republik voller Neid und Argwohn beobachtet. Offenbar hatte die Desinformation, alle Deutschen seien Militaristen und Revanchisten, nicht gefruchtet. Im Gegenteil, wir verbrachten den Rest des Tages wie gute Freunde. Beim Abschied schenkte mir Tatjana ein Reclambändchen mit Heinrich Bölls Erzählung "Wo warst du, Adam?" und bat um Brieffreundschaft. Leider kam diese ebenso wenig wie mit dem jungen Mädchen aus Eriwan zustande. Offenbar passte dies den sowjetischen Behörden nicht in ihre Lügenpropaganda. Mir wurde angesichts dieser Begegnungen eindrucksvoll vor Augen geführt: Friede und Freundschaft ist auch über den Eisernen Vorhang möglich, wenn nicht das Regime
einen Riegel vorgeschoben hätte.

Ein altes russisches Lied:

Die Legende von den 12 Räubern
Sie handelt von Schuld, Reue, Umkehr, Vergebung und Neubeginn

Beitrag von Alois Huck vom 21. 8. 2011 aus dem Internet

Refrain:
Wanderer , lobe den Herrn,
eine Legende vernimm,
die in Solowoski uns oft erzählt
der ehrwürdige Mönch Pitirim.

1. Waren 12 grausame Raubgesell'n,
lebten im finsteren Tann.
Kudijar, den sie zum Haupt erwählt,
blutige Taten ersann.
Refrain

2. Silber und Gold und Edelstein,
das war der Räuber Begier.
Kudijar schleppt eine Jungfrau fein
heim in sein finst'res Revier.
Refrain

3. Mitten im blutigen Handwerk dann
packt ihn die Reue voll Schmerz.
Rührte der Herrgott den wilden Mann
an sein versteinertes Herz.
Refrain

4. Seine Gesellen verließ er dann,
nichts galt ihm Hab und Gewinn.
demütig trat er ins Kloster ein
Gott und den Menschen zum Dienst.

Wanderer lobe den Herrn, eine Legende vernimm,
Die in Solowski uns oft erzählt:
Kudijar war Pitirim

Die Renaissance der russisch-orthodoxen Kirche

Du bist Petrus, der Fels, und auf diesem Felsen werde ich meine Kirche bauen und
die Pforten der Hölle werden sie nicht überwältigen

Matthäus 16, 18

Bei meiner ersten Reise in die damalige Sowjetunion bot sich mir in den allermeisten Kirchen ein trauriges Bild: Die herrlichen Gotteshäuser waren im besten Fall Museen, zum Teil für Atheismus. Allein im damaligen Leningrad (heute: St. Petersburg) wurden auf Befehl Stalins an die 100 Kirchen gesprengt. Andere wurden zweckentfremdet missbraucht, z. B. als Lagerräume, Fabrikhallen, Schwimmbäder, mitunter sogar als Toiletten. Laut offiziellem Jargon "arbeiteten" in der damals 7 Millionen Einwohner zählenden Hauptstadt Moskau ganze zwei Kirchen. Zynischer Kommentar der sowjetischen Reiseleiterin: "Bei uns ist die Kirche frei". Diese "Freiheit" bedeutete Massenerschießung von Geistlichen und Ordensleuten nach der Oktoberrevolution auf Befehl Lenins gemäß seiner Parole: "Wo die Revolution marschiert, da müssen Späne fliegen". und. seiner Sicht vom Glauben:
"Die Religion ist das Opium für das Volk. Die Religion ist eine Art geistigen Fusels, in dem die Sklaven dcs Kapitals ihr Menschenantlitz, ihren Anspruch auf ein auch nur halbwegs menschenwürdiges Dasein ersäufen."
in: Geheimnisse der Religion   Eine Anthologie   Berlin 1958

Herbst 2013. Auf unserer Reise von Moskau nach St. Petersburg erlebten wir eine Renaissance im religiösen Leben. Dies zeigte sich äußerlich bei einer Stadtrundfahrt durch Moskau: Die auf Befehl Stalins in den dreißiger Jahren gesprengte Erlöserkirche wurde original wieder aufgebaut und beherrscht heute das Stadtbild. Die meisten Kirchen sind heute wieder für den Gottesdienst freigegeben und wurden außen und innen aufwändig restauriert. Trotz siebzigjähriger grausamer Verfolgung bekennen sich heute zwei Drittel der Russen zum Christentum, Tendenz steigend.

Die tiefe Religiosität zeigt sich allein schon in der Architektur. Zutreffend ist die Feststellung von Kunsthistorikern über die tiefere Bedeutung der vergoldeten Zwiebelkuppeln, Symbol für Christus: Sie tragen gleich riesigen Kerzenleuchtern die Gebete der Gläubigen zu Gott empor.

Beim Besuch eines Sonntagsgottesdienstes in Jaroslawl waren wir von der Atmoshäre überwältigt. Die Ikonostase mit Darstellungen aus dem Leben Jesu und der Heiligen verleihen dem Kircheninnern eine überirdische Atmosphäre. Treffend ist die Deutung der Ikonen als Fenster in die Ewigkeit. Dies wurde verstärkt durch die wunderschönen Gesänge der Liturgie des hl. Johannes Chrysostomos, beginnend mit dem Gebet ''Gospodin pomiluj' (Herr erbarme Dich)

Die Anwesenheit von Gläubigen jeden Alters, auch junger Familien zeigt: Gemäß dem Wort des Erzbischofs von Nowgorod erlebt Russland eine zweite Christianisierung.

Eine Oase der Geborgenheit für verwahrloste Kinder in Russland

Tambow, eine Großstadt, etwa 500 Kilometer südöstlich von Moskau gelegen, war einst die Waffenschmiede Stalins. Nach dem Untergang der Sowjetunion mussten die Bewohner einen besonders hohen Preis für die gewonnene Freiheit bezahlen: Massenarbeitslosigkeit führte zu Verarmung eines Großteils der Bevölkerung. Folgen waren Sittenverfall, Anstieg der Kriminalität, Alkoholismus, zerrüttete Ehen und Kindesmisshandlung stiegen sprunghaft an. Bei manchen Kindern waren körperliche Spuren von Gewalt erkennbar. Viele Kinder werden gleich nach der Geburt in Heimen abgegeben. Da war für Kinder erziehungsunfähiger Eltern ein von der Internationalen Gesellschaft für Menschenrechte (IGFM) gefördertes Kinderheim ein Rettungsanker.

Im August 2006 reiste ich zusammen mit meiner Frau in Begleitung eines Mitarbeiters der IGfM in diese Provinzstadt. Da Herr F. als Russlanddeutscher genauso gut Russisch wie Deutsch sprach, gab es keinerlei Verständigungsschwierigkeiten, angefangen von Gesprächen mit dem Mann auf der Straße über die am Bahnhof erschienen Reporter der Lokalzeitung und dem Regionalfernsehen bis zur Leiterin des Kinderheimes. Das Gebäude machte einen maroden Eindruck: Eisenbänder, an der Außenseite angebracht, sollten das Gemäuer vor dem Einsturz bewahren. Umso überraschter waren wir über die mit bescheidenen Mitteln und mit viel Liebe und Fantasie ausgestalteten Räume, die Wärme ausstrahlten. Kindgerechte Bilder und Teppiche schmückten die sauberen Zimmer. Mit besonderer Herzlichkeit wurden wir von der Heimleiterin empfangen und mit dem traditionellen Gaben Brot und Salz willkommen geheißen. Die sprichwörtliche russische Gastfreundschaft wurde uns in Form eines für hiesige Verhältnisse reichlich gedeckten Mittagstisches zuteil. Anschließend gaben die Kinder uns zu Ehren ein Nachmittag füllendes Programm mit Liedern, Tänzen und Sketchen. Die strahlenden Augen zeigten nichts von den Traumata, die die meisten erlitten hatten. Sie wurden von qualifizierten Erzieherinnen in kleinen Gruppen liebevoll betreut. Die Vorschulerziehung brachte so gute Ergebnisse, dass diese Heimkinder bei der Einschulung keine Nachteile gegenüber Familienkinder hatten. Nach dem Sturz der roten Götzen legten die Mitarbeiterinnen großen Wert auf religiöse Bildung. Im Heim wurden Gottesdienste gefeiert und die Kinder seelsorgerlich betreut. Damit sind die Kinder nach der Überzeugung der Direktorin besser für ein sicherlich nicht einfaches Leben gerüstet.

Die anschließende Bescherung mit Spielsachen, Süßigkeiten, Buntstiften und Malbüchlein zauberte eine Atmosphäre wie an Weihnachten herbei. Auch wir gingen nach dieser eindrucksvollen Begegnung als Beschenkte nach Hause.

Ein Engel im Heim

Ihre Ausstrahlung, ihre liebevolle Art, , mit der sie mit ihren Mitmenschen umgeht, ihr Lächeln hat etwas Wohltuendes, Engelhaftes. Ihr nicht immer einfaches

Leben hatte bei Alice keine Spuren hinterlassen. Sie ist auch in schwierigen Situationen immer positiv eingestellt. Gegen allen negativen Einflüsse ist sie kraft ihres tiefen Glaubens immun.
Dazu trugen entscheidend ihre Großeltern bei. Von früher Kindheit an wurden die jungen Menschen in der ehemaligen DDR im Geist des Marxismus - Leninismus und des "wissenschaftlichen" Atheismus indoktriniert gemäß dem Programm Lenins, des Gründers der Sowjetunion:

"Die Religion ist eine Form des geistigen Jochs, das überall und allenthalben auf den durch ewige Arbeit für andere, durch ein Leben in Elend und Verlassenheit niedergedrückten Volksmassen lastet. Die Ohnmacht der Ausgebeuteten im Kampf gegen die Ausbeuter lässt ebenso unvermeidlich den Glauben an ein besseres Leben im - Jenseits aufkommen wie die Ohnmacht des Wilden im Kampf gegen die Naturgewalten den Götter-, Teufel- und Wunderglauben aufkommen ließ. Wer sein Leben lang schafft und darbt, den lehrt die Religion Demut und Geduld im irdischen Leben und vertröstet ihn auf den himmlischen Lohn. Wer aber von fremder Hände Arbeit lebt, den lehrt die Religion Wohltätigkeit hienieden, sie bietet ihm eine wohlfeile Rechtfertigung für sein Ausbeuterdasein und verkauft zu billigen Preisen Eintrittskarten zur himmlischen Seligkeit. ..."
In: Geheimnisse der Religion Eine Anthologie Berlin 1958

Religion - Opium für das Volk- hatte schon Karl Marx verkündet. Anstelle kirchlicher Feste traten pseudosakrale Kulte wie Massenaufmärsche am ersten Mai, Jugendweihe anstelle von Erstkommunion oder Konfirmation, Parolen wie
"Ohne Gott und Sonnenschein fahren wir die Ernte ein"
ersetzten das Erntedankfest. Anstelle des Nikolaustages und Weihnachten trat das aus der Sowjetunion

importierte 'Väterchen Frost'. Heiligenverehrung wurde durch einen makabren Personenkult ersetzt: Überlebensgroße Statuen von Marx, Engels, Lenin, Thälmann und riesige rote Spruchbänder , die den Sieg des Sozialismus verkündeten, prägten das Bild der Straßen und Plätze. Es galt die Parole: 'Der Einzelne ist nichts, das Kollektiv ist alles. Der einzige Sinn des Lebens ist die Arbeit.' Der dialektische Materialismus wollte mit Hilfe eines falsch verstandenen naturwissenschaftlichen Weltbildes beweisen, dass alles nur auf Zufall beruhe. Religion wurde als überholter Aberglaube abgetan.

Konnte dies der Sinn des Lebens sein? fragte sich Alice* bereits in jungen Jahren. Tiefe Sehnsucht nach etwas Höherem erfüllte sie. Ihr beruflicher Weg stand fest: Sie sah ihre Berufung im Einsatz für den Nächsten und seine Heilung, sein Heil als Krankenschwester. Das Angebot ihres Chefs, Karriere zu machen unter der Bedingung, der SED (Sozialistische Einheitspartei Deutschlands, hervorgegangen aus der KPD und SPD) beizutreten, schlug die inzwischen gläubig gewordene junge Frau ebenso aus wie die Aufforderung von Aktivisten, an den DDR-Wahlen teilzunehmen. Sie hielt nichts von der Geisteshaltung der Linientreue, wie sie das folgende DDR-Lied forderte: *"Die Partei, die Partei, die hat immer recht ..."* Ihre Charakterstärke ließ keinen Platz für faule Kompromisse zu. Nachteile und Schikane selbst in der eigenen Familie waren die Folge: Ihre Wohnung wurde verwanzt. Der eigene Ehemann denunzierte sie bei der Staatssicherheit. Treffend formuliert Kurt Tucholski dass Denunziantentum mit dem Vers:

"Das größte Schwein im ganzen Land das ist und bleibt der Denunziant".
Dies war der Hauptgrund, weswegen sie sich von ihrem Mann trennte. Nach der Übersiedlung zu ihren Verwandten in den Westen und einem völligen Neubeginn wurde ihr zur Gewissheit: 'Ich bin im Glauben angekommen. Jesus Christus und Heilige wie Elisabeth von Thüringen sowie Bernadette von Lourdes traten an Stelle der roten Götzen und prägten immer stärker ihr weiteres Leben. Ihr wurden wundervolle Visionen zuteil:
Umgeben von einem unbeschreiblich hellen, klaren Licht erschien ihr Christus am Kreuz, rechts davon ein wunderschöner Engel mit Flügeln. In einer anderen Vision sah sie eine wunderschöne Frau, in der sie das Antlitz der Mutter Gottes erkannte. Die Vision des Erzengels Michael mit Schwert und Schild verliehen ihr Kraft, das Böse um sie herum abzuwehren und alles Unreine fernzuhalten. Ihr war klar: 'Niemand kann mir meinen Glauben nehmen.'
Aus diesem Glauben heraus gewann sie die innere Stärke, auch Widerwärtigkeiten standhaft zu ertragen. "Die Engel umgeben mich, lassen ihr Licht durch mich leuchten und bewahren mich vor dem Bösen." Sie erlebte kraft des Glaubens eine Spontanheilung. Eine von Fachärzten angesetzte Operation wegen Nebenhöhlenvereiterung war überflüssig, weil keine Entzündung mehr nachweisbar Im Pflegeheim erleben ihre Schützlinge sie als einen Engel. Sie ist ein Segen für ihre Mitmenschen.
Dank ihrer inneren Stärke konnte sie auch die Rufmordkampagne durchstehen, die aus Neid und

Eifersucht von einer Vorgesetzten losgetreten wurde und an der sich sechs weitere "Kolleginnen" beteiligten. Die Macht der Finsternis konnte ihr auch hier nichts anhaben. Das Christuslicht gab ihr innere Überlegenheit. Als eine Intrigantin schwer erkrankt war, übte sie die von Jesus gelehrte Nächstenliebe, indem sie zu ihr sagte: "Ich wünsche dir, dass die Christuskraft über den Heiligen Geist in deinem Körper wirkt, dass du geheilt wirst.

Sie gewann die Einsicht: "Was uns nicht getötet hat, hat unsere Seele sanft gemacht." Sie lebt das, was Dietrich Bonnhoeffer in einem Liedtext zur Jahreswende 1944/45, wenige Monate vor seiner Hinrichtung so treffend formuliert hat:

> Von guten Mächten wunderbar geborgen,
> erwarten wir getrost, was kommen mag..
> Gott ist mit uns am Abend und am Morgen
> und ganz gewiss an jedem neuen Tag.

Schwester Alice (l.)

Das Haus des Lebens

Sophie*, ein 16jähriges Mädchen, hatte wie ihre Mutter Alkoholprobleme. Sie sah darin den vermeintlichen Problemlöser. Der Wunsch, es besser als ihre Mutter zu machen, die Sehnsucht nach heiler Familie weckte in ihr die Bereitschaft, sich ihrem Freund ganz hinzugeben. Als sie schwanger wurde, verließ dieser sie. Eine Mitarbeiterin im Jugendamt legte ihr nahe, außer einer Therapie sich von ihrer Mutter zu trennen. Da sie sonst nicht aus dem Teufelskreis herauskomme, werde ihr das Kind nach der Geburt genommen. Sonst sei auch das Kind gefährdet. Sophie* fand den Weg in ein Haus, wo sie liebevoll aufgenommen wurde.

Sonja* wurde bereits mit 13 Jahren schwanger. Der Vater drohte ihr, sie umzubringen, wenn sie das Kind nicht abtreibe.

Beide Mädchen hätten in ihrem bisherigen Elternhaus keine Zukunft gehabt. So geht es vielen werdenden Müttern aus Multiproblemlagen.: Oft sind es enge Wohnverhältnisse, Geldsorgen, psychische Erkrankungen oder Mädchen aus Patchworkfamilien. Auf Grund mangelnder Ressourcen sind die jungen Mütter nicht in der Lage, es besser zu machen als ihre eigenen Mütter. Auch war es ihnen bei ihrem übereilten Schritt nicht bewusst, dass ein Kind das Leben einer jungen Frau bestimmt. Mitunter sind die Eltern über die Schwangerschaft ihrer Tochter entsetzt. Auch sind die Mütter häufig überfordert, fürs Enkelkind Verantwortung zu übernehmen. Eine schier ausweglose Situation, die werdende Mütter zu Kurzschlussreaktionen wie Abtreibung führt. Die Selbstvorwürfe über Kindstötung

führen häufig zu Verzweiflung und Depressionen, worunter besonders sensible Frau ihrer Lebtag lang leiden.
Im Haus des Lebens in Offenburg und ähnlichen Einrichtungen erfahren werdende Mütter in Not Liebe, Verständnis und Geborgenheit.
Den guten Geist erlebten wir schon bei einem Rundgang durchs Haus: Schon das Treppenhaus ist mit Transparenten fantasiereich geschmückt. Sie entstanden in einer Projektgruppe, die kreative Betätigung anbietet. Auch die jungen Mütter und ihre Kinder machten einen völlig normalen Eindruck, vergleichbar Gleichaltrigen aus einer intakten Familie. Ihnen war nicht anzumerken, dass sie aus schwierigen Verhältnissen stammten.
Behaglich sind die wohnzimmerartig gestalteten Gemeinschaftsräume eingerichtet. In ihnen wohnen Kleingruppen. Jede Mutter kann sich mit ihrem Kind in ihr eigenes Zimmer zurückziehen. Die Hauskapelle ist der Raum, in dem der Grundsatz konkrete Gestalt annimmt (aus einem Prospekt Für Sie und ihr Kind eine gute Zukunft...Haus des Lebens..):
"Christliche Werte prägen unsere Arbeit. Die Würde des Menschen in allen Phasen seines Lebens steht im Mittelpunkt unseres Handelns. Wir wollen jungen Frauen Mut machen, ihr eigenes Leben in die Hand zu nehmen und das ihres Kindes zu schützen...."
Und weiter lesen wir:
"...Wohnen im Haus des Lebens heißt: Mit dem Kind wohnen und leben, dabei seine Fähigkeiten kennenlernen, seine Kompetenzen ausbauen und Verantwortung übernehmen als Mutter und als junge Frau. Und sich dabei nie allein fühlen. ...

Jedes Kind ist uns willkommen, unabhängig von Begabung, Herkunft und Religion. ...
In der altersgemischten Gruppe entwickeln die Kinder Selbstvertrauen und soziale Kompetenz. Wir begleiten die Kinder in ihrem Tun und bieten jedem einzelnen Kind die Hilfe, die es braucht, um seine geistigen, seelischen und körperlichen Fähigkeiten zu entwickeln. Grundlegend ist dabei der liebe- und respektvolle Umgang mit den Kindern. ... Wir möchten auch Sie als junge Mutter unterstützen. Im Haus des Lebens finden Sie einflexibles Schul- und Ausbildungsangebot (in Zusammenarbeit mit dem Staatlichen Schulamt Offenburg, der Arbeitsverwaltung Offenburg sowie mit Schulen und staatlichen und kirchlichen Institutionen vor Ort), das Ihre besondere Lebenssituation berücksichtigt.
o Hauptschulklasse mit Anschlussmöglichkeit Werkrealschule
o Computerkurse
o Förderlehrgänge und Projekte zur Berufsorientierung
o Kurse und Praktika zur Berufsvorbereitung
o Ausbildung zur Hauswirtschafterin und zur Hauswirtschaftshelferin
....und bei allem sind sie immerganz in der Nähe ihres Kindes ..."

Die Weihnachtsdekoration in einem Gemeinschaftsraum steht symbolhaft für die Erfahrung von Müttern in Not: Jeder Tag im Haus des Lebens ist ein Stück Weihnacht.

Im Haus des Lebens

Geborgenheit in der Villa südSee

"...Acht Kinder und Jugendliche im Alter von sechs bis 18 Jahren sind in der "Villa südSee" von Jugendämtern stationär untergebracht, weil ihre Eltern wegen eigener Probleme mit der Erziehung überfordert sind- oft mit der Folge, dass die Kinder Misshandlungen, Vernachlässigung und Verwahrlosung erleiden mussten. Seelische und körperliche Verletzungen können sie mit fachlicher Hilfe und menschlicher Zuneigung überwinden lernen, um so ihrem Leben wieder eine sinnvolle Zukunftsperspektive zu geben- wie sie jedem Kind zusteht. ...

O Die familienähnliche Gemeinschaft einer Kleingruppe bietet Geborgenheit und Sicherheit.

o Das Leben im Wohn- und Lebensort der MitarbeiterInnen fördert die Integration der Kinder und Jugendlichen in ihre "neue Heimat".

o Basis jeglichen pädagogischen Handelns und Erfolges ist eine tragfähige Beziehung. Nur echte Nähe ermutigt Kinder, sich wieder zu öffnen und an sich zu arbeiten. Beziehungsarbeit ist der Kern unserer Bemühungen! ... "Begegnung und Wachstum: werde, was du bist!" .....

Aus einem Faltblatt Südsee Kinder- und Jugendhilfe e.V.

Zwei Schicksale von Kindern
Lukas* (10 Jahre) und Julia* (8 Jahre) haben seit fünf Jahren in der Villa südSee ein neues, sicheres und vor allem langfristiges Zuhause gefunden.
Ihre Mutter stammt aus Somalia. Vor etwa 11 Jahren kam sie unter nicht geklärten Umständen nach Deutschland. Damals war sie schon mit Lukas schwanger. Leider erfüllten sich ihre Erwartungen in diesem für sie so fremden Land nicht. Frau M. war mit der neuen Situation überfordert, wurde obdachlos, kam in "falsche" Kreise, und rutschte ins Drogenmilieu in München ab. Schon bei der Geburt war sie betrunken und konnte sich in den ersten Tagen nicht um ihr Baby kümmern. Das zuständige Jugendamt reagierte und Lukas kam sofort nach der Geburt zu einer Pflegefamilie in der Nähe von München. Dort verbrachte er die nächsten Jahre wohlbehütet und sicher.
Auch seine Schwester Julia*, die nur zwei Jahre später auf die Welt kam, wurde sofort nach der Geburt vom Jugendamt fremd untergebracht und auch sie fand ein neues Zuhause in der Pflegefamilie ihres Bruders. Zur Mutter bestand kein Kontakt, die Väter von beiden Kindern sind unbekannt.
Leider erkrankten die beiden Pflegeeltern so stark, dass

sie sich nicht mehr um Lukas und Julia kümmern konnten. Wieder mussten die Kinder einen Beziehungsbruch erleben. Das zuständige Jugendamt machte sich auf die Suche nach einem geeigneten Platz für die beiden Kinder. Es sollte eine familienähnliche Einrichtung sein in der Nähe von München.
Genau zu dieser Zeit gründete sich die "Villa südSee"., ein stationäres Kinderheim für benachteiligte Kinder und Jugendliche, und Lukas und Julia leben seit nunmehr fünf Jahren in dem kleinen, überschaubaren Kinderheim und sind in ihrem neuen Lebensumfeld sehr gut integriert.

Die Geschichte von Sonja* ist auch sehr bewegend.
Schon im Kindergarten wurde den Betreuungspersonen schnell klar, dass mit dem Kind etwas nicht stimmte. Sonja wirkte fast apathisch, beziehungslos, zeigte kaum Interesse an anderen Kindern und an Angeboten der Erzieherinnen. Zudem häuften sich kleinere "Verletzungen", die von den Eltern nicht plausibel erklärt werden konnten. Sonja äußerte sich widersprüchlich dazu, erzählte immer wieder andere Versionen.
Die Erzieherinnen informierten schließlich das Jugendamt, und die zuständige Sachbearbeiterin machte einen unangekündigten Besuch bei der Familie: die Verhältnisse waren erschreckend: überall lag Müll herum, die Wohnung roch stark nach Rauch, verdorbenem Essen und Alkohol.
Der allgemeine Zustand der Wohnung, aber auch das Verhalten der Eltern bei dem Besuch veranlasste das Amt, sofort zuhandeln, da das Wohl des Kindes

offensichtlich gefährdet war.
Als Sonja vor drei Jahren in die Villa südSee einzog, war sie sehr auffällig: sie konnte nicht bei einer Sache bleiben, war nicht altersgemäß entwickelt und konnte sich nur schwer auf das Zusammenleben in der Villa südSee einlassen. Bei Konflikten wirkte sie immer total eingeschüchtert und machte ausweichende Gesten: sie zeigte klare Ängste vor Gewalt. So hat sie wahrscheinlich Konfliktsituationen erlebt.
Mittlerweile fühlt sie sich in ihrem neuen Zuhause sicher und ist in der Villa südSee "angekommen". Dabei helfen ihr sicherlich der familiäre Rahmen und die festen Bezugspersonen.

Hans Wagner, Schriftführer Dipl.-Sozialpädagoge (FH), Koch, Erzieher

Das Haus, von dem ehemaligen Besitzer der Kirche gestiftet, liegt in einem schönen, großen Park mit genügend Spielfläche. Im Innern ist auf den ersten Blick von dem guten Geist zu spüren, der hier herrscht: liebevoll eingerichtete Gemeinschaftsräume neben genug Zimmern, in denen sich die Kinder zurückziehen können. Die familienähnlichen Strukturen verbreiten eine Wohlfühlatmosphäre. Die Kinder machen einen weitgehend normalen Eindruck, zumindest sind für den Besucher keine Spuren von Verhaltensstörungen erkennbar. Die Mitarbeiter sind sehr gut motiviert und erfüllen ihre Aufgabe als Erzieher mit großer Fachkompetenz und Idealismus. Das Leitmotiv: "Wir wollen benachteiligten Kindern und Jugendlichen eine Zukunft geben", ist hier überzeugend verwirklicht

Ein Rettungsanker für Hilfe Suchende: Die Bahnhofsmission

Das Gottes- und Menschenbild der Bahnhofsmission

"Gott will und liebt jeden Menschen. Er nimmt ihn an vor jeder Leistung, auch im Scheitern und in Schuld und verleiht ihm damit eine unverfügbare Würde. Die Bahnhofsmission ist gelebte Kirche am Bahnhof und damit Ort diakonischen Handelns. Mit ihrer Arbeit veranschaulicht sie das Evangelium in Tat und Wort. In ihrem Handeln wird die Menschenfreundlichkeit Gottes für Einzelne persönlich erfahrbar und in der Gesellschaft wirksam. Auf der Grundlage dieses Glaubens handeln die Mitarbeitenden der Bahnhofsmission. ..."

Sie wurde einem Fünfzigjährigen zum Segen. Unter Tränen erzählte er dem diensttuenden Mitarbeiter, er könne den Tod seines Vaters nicht verschmerzen. Dieser habe ihm stets mit Rat und Tat in seinem Leben beigestanden. Seitdem fühle er sich mit seinen Problemen eingelassen. Diese führen zu seelisch bedingten Magenschmerzen und Schlaflosigkeit. Einfühlsam hörte Herr Franz* zu. Seine warmherzige, väterliche Art weckten in dem Hilfe Suchenden Vertrauen. Er war ihm wie ein Vater. So konnte er ihm auch Orientierungshilfen bei seinen Problemen am Arbeitsplatz aufzeigen. Seine Unfähigkeit, nach dem Tode seines Vaters mit Verantwortlichen zu sprechen, wich der wachsenden Einsicht, sein Leben selbst in die Hand zu nehmen. Konkret nahm er sich vor, die

Schwierigkeiten im Umgang mit geistig Behinderten bei seinem Chef anzusprechen.
Die Begegnung mit Herrn Franz erfüllte ihn mit soviel Zuversicht, Lebensmut und Freude, dass er Herrn Franz beim Abschied in die Arme schloss.

Die Anonymen Alkoholiker - ein Rettungsanker für Suchtkranke

November 2007. Siegfried H*. stirbt nach jahrzehntelanger Alkoholsucht an den Folgen eines Hirnsschlags. Exzessiver Alkoholkonsum hatten ihn körperlich und seelisch ruiniert. Er riskierte mit seiner Sucht seine berufliche Stellung, da er schon morgens mit einer Fahne in den Dienst ging. Als Fußgänger wurde er mit 2 Promille an Fastnacht von einem Auto beinahe totgefahren und musste monatelang mit mehreren schweren Knochenbrüchen unbeweglich im Gipsbett liegen. Trotz dieser schlimmen Erfahrung setzte er sich weiter unter Alkoholeinfluss ans Steuer. Schließlich wurde ihm nach einem Frontalzusammenstoß, den er durch Kurvenfahren mit 1,7 Promille am helllichten Tag verursachte, die Fahrerlaubnis für immer entzogen.
Seine Familie litt schwer unter dieser Sucht. Besonders an Fastnacht, am Herrentag, am Martinimarkt und an Silvester war er so betrunken, dass er im Vollrausch vor der Haustüre lag. Seine Frau wollte sich in den letzten Wochen ihres Lebens von ihm trennen, da sie, selbst schwer an Krebs erkrankt, diesen untragbaren Zustand nicht mehr aushielt. Auch die letzte Chance, geheilt zu werden, schlug er in den Wind. Eine Therapie, die seine Tochter vermittelte, brach er nach 2 Wochen ab. Ein

unheilbarer Fall, da er die Notwendigkeit einer ärztlichen Bchandlung nicht einsah. Auch wollte er nicht wahrhaben, dass er schwer krank war.

In einer ähnlich hoffnungslosen Lage befand sich Georg*. Nach 13 Entzügen und ebenso vielen Rückfällen erlitt er einen Schlaganfall,fiel in Depressionen und wurde arbeitslos, da er ständig krank war. Mehr und mehr geriet er in die Isolation, ein Teufelskreis, der seine Lage noch verschlimmerte. Familienangehörige und Ärzte konnten ihm nicht helfen. Spätestens 8 Wochen nach einer Therapie griff er wieder zur Flasche.

Da schloss er sich einer Gruppe der Anonymen Alkoholiker an. Hier konnte er offen über seine Probleme reden. Er fand viel Verständnis für seine scheinbar aussichtslose Lage. In der Gruppe fühlte er sich geborgen. Der Gesprächsleiter vermittelte eine Atmosphäre, in der sich jeder wohlfühlen konnte. Er konnte sich selber und anderen seine Fehler eingestehen, ohne sich zu verurteilen oder von anderen verurteilt zu werden. Es war ihm, als ob ein Licht am anderen Ende eines Tunnels erscheine, das ihm viel Wärme gab. Allmählich harmonisierten sich seine Lebensverhältnisse: Er fand in den Beruf zurück und wurde auch im Privatleben glücklich, als er eine verständnisvolle Frau kennerlernte. Es war der Beginn eines neuen, erfüllten Lebens. Vollends sein Glaube gab ihm dauerhaft Hoffnung und eine tragende Lebensgrundlage.

Eine Wunderheilung

Ein Mann ruft vor einem Krankenhaus unter ungezielter Abgabe von Schüssen: "Ich spende alle meine Organe!" Kurz darauf jagt er sich eine Kugel in den Kopf. Der Familienvater beging diese Verzweiflungstat, da er mit seinen schweren Depressionen keinen anderen Ausweg mehr sah und niemand ihm helfen konnte.
Als Spätfolge des Bombenterrors über Freiburg, den ich als Kleinkind erlebte (jeder Dritte ist davon betroffen) überfiel auch mich im fortgeschrittenen Alter ebenfalls diese schlimme psychische Erkrankung. Obwohl ich bisher das Leben von der positiven Seite betrachtete und sehr aktiv am Leben teilnahm, sah ich meine ganze Lebensgeschichte nur negativ, ebenso alles um mich herum. Dunkelheit umfing mich. Ich war zu keinem positiven Gedanken mehr fähig. Organische Erkrankungen, z.B. Herzleiden, als weitere Kriegsfolge waren vergleichsweise weit besser zu ertagen. "Wohlmeinende" Mediziner rieten mir, bis zu meinem Lebensende Psychopharmaka zu nehmen. Ich wusste: Meine Heilung ist nur auf geistigem Weg möglich.
Kurz entschlossen unternahm ich eine von den Gengenbacher Franziskanerschwestern Angelucia und Veronika organisierte Wallfahrt zum Berg La Verna, Mittelitalien, wo der heilige Franziskus mehrere Jahre segensreich wirkte. Schon die Atmosphäre unter den Pilgern war wohltuend: Ich fühlte mich auch mit meinen Depressionen angenommen. Dies steigerte sich bei der Ankunft im Heiligtum. Mit 'Pace e bene' (Friede und Wohlergehen) wurden wir von den gastgebenden Ordensleuten empfangen. Wir erlebten viel

Gastfreundschaft und Herzlichkeit. Die strahlenden Gesichter derer, die uns führten, gaben mir Wärme und Geborgenheit. Auch die frühere Einsiedelei des Heiligen hatte eine ganz besondere, erhabene Atmosphäre, geschahen doch in früheren Zeiten hier Wunder. Warum sollte nicht auch mir das Wunder der Heilung geschenkt werden? Intensiv betete ich an dem Tisch, an dem Jesus mit Franziskus voller Güte, Liebe und Verständnis sprach, um Heilung. Ebenso beim Gottesdienst in der Kapelle, wo der Heilige die Wundmale Jesu empfing. Und siehe. O Wunder: Seitdem sind die angeblich unheilbaren Depressionen verschwunden und nie mehr wiedergekehrt. Das Christuslicht in meinem Innern bewirkte dieses Wunder. Auch meine Frau Ilse hat wesentlich dazu beigetragen. Seit dieser Zeit ist mir mein Leben ein zweites Mal geschenkt.

Die Leuchtkraft der Stadt auf dem Berge

Teilweise mit Horror und Schock wurde Anfang der Fünfziger Jahre des vergangenen Jahrhunderts Beichtunterricht erteilt. Der geistliche Religionslehrer verstand es meisterhaft, seinen verängstigten Zöglingen Höllenqualen einzutrichtern. Teufel tanzten um den Altar, die Flämmlein züngelten um die Kanzel. Drohbotschaft statt Frohbotschaft war seine Parole. Dass ich trotzdem der Kirche nicht den Rücken kehrte, zeigt mir eindrucksvoll: Die Sache Jesu ist mehr als Menschenwerk und wird durch menschliche Unzulänglichkeit keineswegs zunichte gemacht.

Glücklicherweise erlebte ich in Erneuerungsbewegungen wie Cursillo, eine von Spanien ausgehende charismatische Richtung, sowie bei Unity, einer überkonfessionellen spirituellen Vereinigung aus den USA, die befreiende, frohmachende Botschaft Jesu. Diese Gnade gipfelte in der Teilnahme an Seminaren des Hauses La Verna, Gengenbach. Die Spoleto-Information bringt es auf den Punkt.:

...**"Was wir tun**
Menschen auf der Suche nach Leben und Sinn bieten wir Seminare, Exerzitien und Einkehrtage. Wir ermöglichen "Auszeiten" in unserem Hause, geistliche Begleitung und Einzelgespräche, u. a. auf logotherapeutischer Basis.
Unsere Vision
Der Abtsberg ist eine Begegnungsstätte für Menschen auf der Suche nach Leben und Sinn und nach Vertiefung des Glaubens.
Sie ist franziskanisches Lebens-, Gebets- und Seelsorgezentrum ein Ort der Sammlung, der Berufung und Aussendung. ...

Von dieser Stadt auf dem Berge" soll die Leuchtkraft des Evangeliums in die ganze Welt ausstrahlen."..
Zwar hatte ich als Erwachsener schon längst die schlimmen Erfahrungen einer fehlgeleiteten religiösen Erziehung losgelassen. Die Unfähigkeit, mir selbst zu vergeben und die Furcht vor der ewigen Verdammnis war immer noch tief in meinem Innern verwurzelt und ängstigte mich.
Dies änderte sich dank der Teilnahme an Seminaren, die von den Schwestern Angelucia und Veronika geleitet wurden. In zahlreichen Veranstaltungen mit wertvollen

Impulsen, Gebeten, Meditationen und Liedern zu den Themen: Deine Lebensgeschichte heilen, zu Advent, Weihnachten, Ostern und unter dem Jahr überwand ich auch innerlich die seelischen Verwundungen aus der Kindheit. Ich erlebte die Frohbotschaft in meiner Seele: Von dieser "Stadt auf dem Berge" soll die Leuchtkraft des Evangeliums in die ganze Welt ausstrahlen." Ich verinnerlichte Gedanken wie 'Erkenne deinen inneren Eigenwert' und 'du bist von Gott unendlich geliebt' sowie 'Du bist ein _Königskind'

Zu Herzen gehend hat dies Schwester Angelucia in folgendem Gedicht ausgedrückt:

Das Licht, das wir teilen
1. Das Licht, das wir teilen, hilft Wunden heilen
weckt Glaube und Freude und Zuversicht
Refrain: Drum fürchte dich nicht. Verschenke dein Licht und gib es den andern,
Die einsam im Dunkel und Finsternis wandern.

2. Das Licht, das wir schenken, hilft Leben ändern,
weckt Glaube und Freude und Zuversicht
Ref.:

3. Das Licht des Erbarmens macht glücklich den Armen
Weckt Glaube und Freude und Zuversicht
Ref.:

4. Das Licht des Verstehens hilft tiefer sehen
Weckt Glaube und Freude und Zuversicht
Refr.:

Das Licht deiner Güte, das Licht deiner Liebe
Weckt Freude und Glaube und Freude und Zuversicht
    Refr.:

Haus La Verna[1]   Adventsfeier

Portiunkula Kapelle[1]

---

[1] Quelle http://www.spoleto-gengenbach.de/

Eine Bescherung

Können Sie sich vorstellen, dass ein Bleistift made in Germany ein ähnliches Lächeln bei Kindern bewirkt wie ein teures Weihnachtsgeschenk, z.B. eine Modelleisenbahn hierzulande? Dies erlebte ich bei meinem Besuch auf einer Missionsstation in Futrono, Südchile. Hier wurden Kinder mitunter von den Eltern verstoßen, weil sie diese nicht mehr ernähren konnten. Sie fristeten mit Betteln und Diebstahl ein elendes Dasein, in Lumpen gehüllt und ohne Schuhe selbst im Winter. Schulbesuch war undenkbar. Damit schloss sich der Teufelskreis: Keine Bildung - keine Ausbildung - keine Arbeit. Bestenfalls verdienten sie das Nötigste als Taglöhner. Wer in den eigenen vier Wänden wohnte, hatte es oft nicht viel besser: Bis zu 10 Personen hausten in einem Raum, besser gesagt, in einem Verschlag. Das "Bad" bestand aus einem undichten Dach. So erhielten die Bewohner während der Regenzeit eine kalte Dusche. Die hygienischen Verhältnisse waren katastrophal: keine Wasserleitung, keine Kanalisation. Die Elendsquartiere waren ideale Nährböden von Seuchen. Die durch Fehlernährung ohnehin geschwächte Bevölkerung war besonders von Infektionskrankheiten wie Ruhr und Typhus heimgesucht. Die ärztliche Versorgung war völlig unzureichend. Hatten die Kinder aus diese sozialen Schicht die Möglichkeit zum Schulbesuch, kamen sie ohne Frühstück in schäbiger Kleidung und selbst während der in Südchile strengen Wintermonate zum Schulunterricht.
Schwester Deogracia, eine Franziskanerin aus Deutschland, wollte ihre missionarische Sendung, den

Auftrag des Ordensgründers Franziskus, radikal in die Tat umsetzen:
den Menschen Geborgenheit geben und eine der Ihren werden. Neben Soforthilfe war es ihr Ziel, Hilfe zur Selbsthilfe zu organisieren. Vorrangig waren für sie neben der Einrichtung von landwirtschaftlichen und handwerklichen Betrieben die Gründung einer Schule, die auch mittellose Kinder besuchen konnten. Um auch Kindern von weither den Schulbesuch zu ermöglichen, sorgte sie für die Unterbringung im Internat. Zusammen mit den Externen erhielten die Schüler einfache, aber ausreichende Mahlzeiten in barackenähnlichen Räumen. Für die 'Kinder war es ungewohnt, nicht mehr ständig hungern zu müssen. Aus ihren Augen sprach die Dankbarkeit, endlich sich nicht mehr um das tägliche Brot sorgen zu müssen. Unvergesslich bei meinem Besuch auf der Missionsstation sind mir die vielen strahlenden Gesichter, die ich beim Verteilen von Bleistiften aus dem fernen Deutschland erlebte. Auf meine Anfrage, was ich Kindern schenken könne, hatte mir Schwester Deogracia gewöhnliche Bleistifte vorgeschlagen. Dieses Geschenk rief Freude hervor wie bei uns eine Bescherung unter dem Weihnachtsbaum. Nachträglich erfuhr ich den Grund: In manchen Klassenzimmern war das einzige Inventar eine Säge. Damit zerteilten die Lehrer einen neuen Stift in zwei bis drei Teile, damit alle Kinder etwas zum Schreiben hatten. Nach der Verteilung kam zunächst zögernd ein Mädchen zu mir und bat um eine Widmung ins Schulheft. Kurz darauf bildete sich eine Schlange mit etwa 80 weiteren Schulkindern mit dem gleichen Anliegen. Die

strahlenden Augen waren eines der schönsten Geschenke, die ich in Chile erhielt. Da wurde es Wirklichkeit, was in folgendem Gedicht ausgedrückt ist:

Willst du glücklich sein im Leben,
trage bei zu And'rer Glück!
Denn die Freude, die wir geben,
kehrt ins eig'ne Herz zurück.

.

Der Engel von den Philippinen

Ihr Auftreten war bescheiden, ihr Gesicht strahlte unendlich viel Liebe und Güte aus. Auch machte sie nicht viel Auflesens von dem Großen, das sie als Ordensschwester der Steyler Missionare zusammen mit ihren Mitschwestern und Patres seit 50 Jahren für die Mangyanen, Ureinwohner auf den Philippinen, geleistet hatte. Als junge Frau fühlte sie sich dazu berufen, den Entrechteten in den Missionsgebieten beizustehen. Der Anfang war nicht leicht: Armut und Hunger kennzeichneten dieses vor der Eroberung durch die Spanier ehemals wohlhabende Land. Da die Mangyanen keine Gewalt anwendeten, zogen sie sich vor der Übermacht der spanischen Farmer in die Berge zurück. Dort hatten sie keine Existenzgrundlage. Lediglich als Taglöhner sicherten sie sich auf den Bananenplantagen der Kolonialherren das Existenzminimum. Von diesen wurden sie wie Sklaven ausgebeutet. Für die Missionare war es schwirig, gegen das himmelschreiende Unrecht vorzugehen. Auf Intervention bei Regierungsstellen erreichten sie schrittweise, dass den Ureinwohnern ihre

Ländereien zurückgegeben wurden. Ziel war es wie bei jeder echten Entwicklungshilfe Hilfe zur Selbsthilfe. Voraussetzung war eine möglichst breit angelegte Schulbildung. Dies befähigte die jungen Menschen nicht nur, sich in Landwirtschaft, Hauswirtschaft oder handwerklichen Berufen ausbilden zu lassen, sondern beendete auch die Übervorteilung durch die Kolonialherren. Auch wenn vor der Kolonialzeit eine Familie nicht mehr besaß, als das, was eine Frau auf dem Kopf tragen konnte, waren sie glücklich und zufrieden. Und dieser Zustand stellte sich nach jahrzehntelangem selbstlosen Einsatz der Ordensleute wieder ein. Mehr noch: Den Menschen wurde ihre Würde wiedergegeben, die ihnen die Eroberer geraubt hatten. Man kann es auf den strahlenden Gesichtern erkennen. Sie waren geprägt von der Wärme und Geborgenheit, die auf den Missionsstationen herrschte. Getragen waren diese Engel der Nächstenliebe von ihrem tiefen Glauben . Sie handelten gemäß der Weisung Jesu: Was ihr dem Geringsten meiner Geschwister getan habt, das habt ihr mir getan.

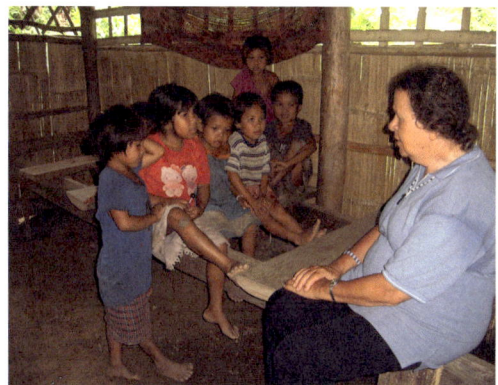

Schwester Magdalena bei der Missionsarbeit auf den Philippinen

Gebet der seligen Myriam von Abbelin

Herr Jesus Christus, ich komme zu Dir und bitte Dich mit Demut und Vertrauen um Deinen Frieden, Deine Weisheit und Deine Kraft.
Gib, dass ich heute die Welt betrachte mit Augen, die voller Liebe sind.
Lass mich begreifen, dass alle Herrlichkeit der Kirche aus Deinem Kreuz als dessen Quelle entspringt.
Lass mich meinen Nächsten als den Menschen empfangen, den Du durch mich lieben willst.
Schenke mir die Bereitschaft, ihm mit Hingabe zu dienen und alles Gute, das Du in ihn hineingelegt hast, zu entfalten.
Meine Worte sollen Sanftmut ausstrahlen und mein ganzes Verhalten soll Frieden stiften.
Nur jene Gedanken, die Segen verbreiten, sollen in meinem Geiste haften bleiben.
Verschließe meine Ohren vor jedem übelwollenden Wort und jeder böswilligen Kritik.
Möge meine Zunge nur dazu dienen, das Gute hervorzuheben.
Vor allem bewirke, o Herr, Dass ich so voller Frohmut und Wohlwollen bin, dass alle, die mir begegnen, sowohl Deine Gegenwart als auch Deine Liebe spüren.
Bekleide mich mit dem Glanz Deiner Güte und Deiner Schönheit, damit ich Dich im
Verlaufe dieses Tages offenbare.

Vom Terroristen zum Jünger Jesu

Als ich Mohammed* bei einem autobiographischen Vortrag erlebte, war sein Erscheinungsbild eher unauffällig und ließ nichts von seiner bewegten Vergangenheit erkennen. Der Hass gegen die Israelis und alle Ungläubigen wurde ihm, als Sohn eines der sieben Gründer der Hamas, in die Wiege gelegt. (Die Hamas ist eine militante palästinensische Organisation, die sich die Vernichtung Israels zum Ziel gesetzt hat.) Schon als Neunjähriger warf er Steine auf israelische Soldaten und wurde wie sein Vater mehrmals eingesperrt. Als Achtzehnjähriger verbüßte er eine Haftstrafe in einem der am meistgefürchteten Gefängnisse. Dort erlebte er die Schreckensherrschaft der Hamas-Anhänger. Die muslimischen Brüder wandten untereinander Folterungen an und scheuten sich in Einzelfällen nicht einmal, einen Gesinnungsgenossen zu ermorden. Schockiert fragte er sich: Kann dies der richtige Weg für mich sein? Tiefe Sehnsucht nach Wahrheit bewegte ihn. Da fiel ihm eines Tages ein Neues Testament in die Hände. Er war fasziniert von der Lehre Jesu, insbesondere vom Gebot der Feindesliebe. Die Weisung Jesu: Liebet eure Feinde, tut Gutes denen, die euch hassen! Segnet die, die euch verfluchen, betet für sie, die euch schmähen (Lk. 6, 27-28) waren für ihn das Leitbild. Das war es, was er suchte. Er erkannte: Die wahren Feinde sind nicht die Israelis oder die Ungläubigen, sondern das Böse im eigenen Herzen. Mehr und mehr wandte er sich von seinen bisherigen Glaubensbrüdern und der Ideologie von Hass und Gewalt ab und übergab sein Leben Jesus. Mit seinem Schritt, sich taufen zu

lassen, erlebte er inneren Frieden, Licht und Geborgenheit in Jesus.
Nach seiner Freilassung arbeitete er zunächst für den israelischen Geheimdienst Schin Beth. Unter dem Decknamen 'Der Grüne Prinz' verhinderte er zahlreiche Selbstmordattentate und trug damit zur Rettung unzähliger Menschenleben bei. Dieses Doppelleben konnte er als Christ auf Dauer nicht mehr verantworten. Sein neues Leben war ganz von der Frohbotschaft erfüllt, die besagt:
"Deshalb sollt ihr euer altes Wesen und eure frühere Lebensweise ablegen, die durch und durch verdorben war und euch durch trügerische Leidenschaften zugrunde richtete. Lasst euch stattdessen einen neuen Geist und ein verändertes Denken geben. Als neue Menschen, geschaffen nach dem Ebenbild Gottes und zur Gerechtigkeit, Heiligkeit und Wahrheit berufen, sollt ihr auch ein neues Wesen annehmen."

Epheser 4, 22-24
Nachdem er die Stelle als Mitarbeiter des israelischen Geheimdienstes gekündigt hatte, lehnte er auch ein Angebot ab, eine Telekommunikationsfirma zu gründen. Die Erkenntnis, dass Geld und Macht nicht glücklich machen, siegte über die Verlockung, mehrere Millionen Dollar zu verdienen. Als Jünger Jesu befindet er sich er sich auf dem Anfang eines Weges, weit davon entfernt, ein Heiliger zu sein.b

Die guten Hirten von Homs

Sein gütiger Blick ließ nichts von dem Inferno erkennen, aus dem er zur Preisverleihung der Stephanus-Stiftung für verfolgte Christen am 21. September 2013 nach Frankfurt gekommen war. Zusammen mit zwei weiteren Jesuitenpatres blieb Pater Ziad Hilal in Homs, einer der erbittertsten umkämpften Städte im syrischen Bürgerkrieg. Manche Würdenträger anderer Konfessionen hatten sich schon längst in Sicherheit gebracht. Die drei Patres nahmen das von Jesus erzählte Gleichnis vom guten Hirten ernst, der seine Herde auch bei drohender Gefahr nicht im Stich lässt. Ständiger Beschuss durch Granatwerfer sowie Plünderungen, Vergewaltigungen, Ermordung durch islamische "Gotteskrieger" gehörten zum Alltag der in der Stadt verbliebenen Christen. Folgender Bericht von Karl Hafen, (Geschäftsführer der Internationalen Gesellschaft für Menschenrechte Frankfurt am Main) schildert die hoffnungslose Lage, das Dunkel, in dem die Patres ein Licht anzündeten:

"... Die Arbeit der Patres in Homs, der drittgrößten Stadt Syriens, ist äußerst schwierig und gefährlich: Der Innenstadtbereich von etwa 1,5 km Durchmesser ist seit Mai 2012 in der Hand der Rebellen, der wiederum von der syrischen Armee eingeschlossen ist. Es gibt keinen Zugang zum Innenstadtbereich. Die 10 Kirchen in der der Innenstadt sind zerstört oder stark beschädigt, Häuser und Straßen sind Trümmerfelder. Noch 70 Zivilisten halten sich dort auf, von Wohnen kann keine Rede mehr sein. Die Verteilung der wenigen noch vorhandenen Lebensmittel und Medizin an Christen und Muslime und

die Seelsorge obliegt Pater Frans van der Lugt. Bei einem der letzten Telefonate zwischen den Patres sprach er besorgt vom Ende der Christenheit in Syrien.
Pater Zihsd berichtet, dass sich im äußeren des von der syrischen Armee gehaltenen Rings ca. eine Million Menschen aufhielten, darunter viele verstörte und hilfesuchende Flüchtlinge aus der zerstörten Innenstadt. Hatte das Hilfswerk zu Beginn des Kriegs für 200 Familien zu sorgen, so seien es jetzt 6000 Familien, die Zugehörigkeit zu einer bestimmten Religion spiele in der Hilfe keine Rolle mehr, und die früher distanziert zueinander stehenden christlichen Konfessionen arbeiteten jetzt Hand in Hand. Ihm stünden etwa 200 Helfer aus allen christlichen Konfessionen und Muslime zur Seite. Die Flüchtlinge erhalten zum Lebensunterhalt Körbe, die standardisiert je nach Zahl der Familienmitglieder Lebensmittel und Hygiene-Artikel enthielten. In der Krise sei die Hilfe die Brücke für das Zusammenleben in der Zukunft. "Mensch sein heißt, jedem anderen zu helfen und die Schöpfung zu schützen", so Pater Ziad.
In der Betreuung kriegsverwaister Kinder sehe er seine Hauptaufgabe. Mit Schulunterricht, Singen und Spielen versuche man, ein Stück Normalität in den Alltag der Kinder zu bringen. "Zu Beginn ließen wir die Kinder Bilder malen, und sie malten Bilder von Krieg und Zerstörung. Jetzt malen sie Bilder von Blumen und Tieren und sie träumen wieder. Die Erwachsenen träumen nicht, sie sind in Alpträumen verfangen." Viele durch den Krieg arbeitslos gewordene Lehrer drängten sich zu helfen; für sie auch ein Neuanfang und eine Chance, für das Einkommen der eigenen Familien etwas

beitragen zu können.
Wegen der vielen Waffen im Land gebe es keine erfolgversprechenden Lösungsansätze. Sie kämen aus zahlreichen Ländern, die meisten aus Saudi-Arabien und aus Katar. Die Herkunft vieler Krieger sei undurchsichtig: Salafisten, Jihadisten aus den umliegenden Ländern, aber auch aus Aserbaidschan, , Tadschikistan und aus Ländern wie Deutschland, Frankreich, England und anderen Ländern übten Verbrechen. Sie entführten Menschen oder töteten sie. Inzwischen bekämpften sich die Rebellen gegenseitig. ..."
Es ist zu wünschen, dass diesen hasserfüllten Fanatikern ähnlich wie Saulus vor Damaskus die Gnade der Bekehrung zum Gott der Liebe und Barmherzigkeit zuteil werde.
Die drei Jesuitenpatres wurden am 21. September mit dem Stephanus-Preis für verfolgte Christen in Frankfurt/Main geehrt.

Eine moderne Heilige

Ihre leuchtenden Augen, ihr gütiger Blick, aber auch ihre Entschlossenheit anzupacken, wo die Not am größten ist, ließen erkennen, dass Schwester Hatune Außergewöhnliches leistet. Selbst die Folgen eines Verkehrsunfalls und eine schwere Krankheit brachen ihren Willen nicht, bis an die Grenzen ihrer Kraft den Ärmsten der Armen, u.a. in Indien und verfolgten Christen im Irak und in Syrien beizustehen. Angesichts der unsäglichen Not in den Elendsvierteln Indiens gründete sie den Verein "Helfende Hände" für die

Armen. In einem Infoblatt lesen wir:
"... und Jesus sagt: Wahrlich, ich sage euch: Was ihr getan habt einem von diesen meinen geringsten Brüdern, das habt ihr mir getan.
Matthäus, 25, 40
Unter diesem Motto hat die Stiftung zum Ziel, armen Menschen umfassend zu helfen, beginnend mit der Versorgung mit Nahrungsmitteln, über die medizinische Betreuung bis zum Hausbau. Es werden Schulen und Tagesstätten unterhalten, in denen Kinder Lesen und Schreiben lernen sowie ihren Schulabschluss machen können. Angeschlossen ist vielfach die Möglichkeit, eine Ausbildung als Bürokauffrau, Schneiderin oder als Elektroinstallateur durchzuführen. Zur Hilfe von Familien und Obdachlosen baut die Stiftung jährlich ca 500 Häuser. Weiterhin werden in vielen Regionen jährlich ca. 500 Trinkwasserbrunnen gegraben. Ein wichtiger Bestandteil der Stiftungsarbeit ist die Hilfe zur Selbsthilfe. Dies geschieht durch die Verteilung von Nähmaschinen und Kühen, die es den Familien möglich macht, ihre Lebensgrundlage selbst zu sichern und zu gestalten. Durch Sach- und Geldspenden werden Waisen und Witwen unterstützt sowie Stipendien für Studenten und Schüler gesponsert. Die Unterstützung bei Naturkatastrophen sowie bei der Vertreibung von Menschen rundet die Arbeit der Stiftung ab. Die Stiftung Schwester Hatune "Helfende Hände für die Armen" ist eine internationale Organisation, die in Deutschland und Indien registriert ist. Organisationsteams in 16 Ländern unterstützen die durch die Stiftung gegründeten Projekte direkt vor Ort in dem jeweiligen Land. Ehrenamtliche Helferteams in weiteren 14 Ländern sichern die

begonnene Unterstützungsarbeit. Oberstes Ziel ist es, dass das gesamte Spendengeld vor Ort eingesetzt wird. Verwaltungskosten werden durch den Einsatz von hoch motivierten ehrenamtlichen Helfern fast vollständig verhindert. Möge Gott Sie und die, die da leiden, segnen und schützen!
Spendenkonto Deutschland: Sparkasse Paderborn
Kontonummer 11008232
BLZ 47250101

Den naheliegenden Vergleich mit Mutter Teresa lehnte sie in aller Bescheidenheit ab. Auch scheut sie es nicht, selbst unter Lebensgefahr verfolgten Christen beizustehen. Sie erlebte das hautnah, was Alexander Solschenizin in seinem Werk 'Archipel Gulag' feststellt: "Die Mörder sind mitten unter uns." Die unvorstellbar grausamen Verbrechen an Glaubensgeschwistern fordern sie bis an die Grenzen des Erträglichen heraus. Sie hilft nicht nur, die materielle Not an den Kriegsschauplätzen zu lindern, sondern tröstet diejenigen, deren nächste Familienangehörige von fanatischen Muslimen vor den Augen der Familienangehörigen auf bestialische Weise umgebracht wurden. Besonders schockierend ist ihre Schilderung, wie in Gegenwart von Familienangehörigen Familienväter abgeschlachtet wurden, Mütter in Gegenwart der Kinder vergewaltigt und einer werdenden Mutter solange auf dem Bauch getrampelt wurde, bis ihr Kind als Totgeburt verfrüht abging. Tröstend nimmt sie diese schwer traumatisierten Opfer in den Arm und schenkt ihnen viel Herzenswärme.
Wie kam diese moderne Heilige dazu, in so selbstloser Hingabe sich für Andere aufzuopfern? Die Hintergründe

erzählt sie in ihrem Buch: 'Es geht ums Überleben' (Herder Verlag) Ihre Eltern waren mit der ganzen Familie aus dem Südosten der Türkei nach Deutschland geflüchtet, weil sie als bekennende Christen von Muslimen verfolgt wurden. Diese trachteten ihnen nach dem Leben. So konnte sie auf Grund ihrer eigenen Lebensgeschichte besonders authentisch sich für verfolgte Christen einsetzen. Ihr Leitmotiv ist der bereits zitierte Vers aus Matthäus 25,40:
Was ihr getan habt einem von diesen meinen geringsten Brüdern, das habt ihr mir getan.
Schwester Hatune erhielt u.a. dass Bundesverdienstkreuz und den Preis der Stephanus-Stiftung für verfolgte Christen

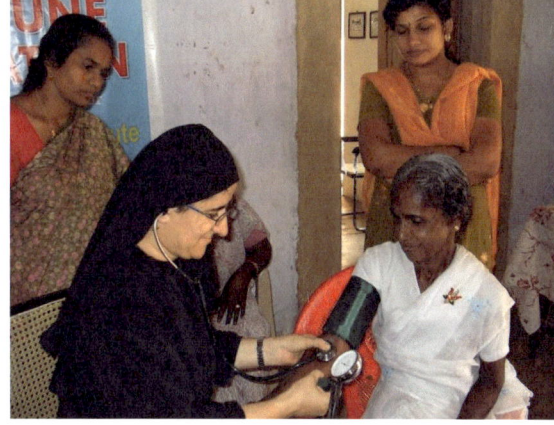

Schwester Hartune –Helfende
Hände für die Armen

Weihnachten 1995

Eine Weihnachtsbescherung in einem von Krieg und Vertreibung heimgesuchten Land

In schlimmster Weise vergeht man sich gegen das Recht, wenn man Völkerschaften das Recht auf das Land, das sie bewohnen, nimmt, dass man sie zwingt, sich anderswo anzusiedeln.
Albert Schweizer

"Wenn Sie eine Weihnachtsfeier bei uns veranstalten wollen, bringen Sie außer Kaffee und Kuchen gleich noch Trinkbecher mit!" Mit diesen Worten umriss eine Franziskanerin die Lage in Westslawonien, einem durch Bürgerkrieg und Vertreibung heimgesuchten Land.
Vorausgegangen war nach dem Zerfall Jugoslawiens ein Krieg mit unbeschreiblichen Massakern auch an der Zivilbevölkerung, sinnloser Zerstörung und anschließender Vertreibung. Zwar konnten nach der Rückeroberung durch kroatische Truppen die Flüchtlinge in ihre alte Heimat zurückkehren, aber sie standen vor dem Nichts. Soweit die Häuser nicht zerschossen oder angezündet worden waren, waren sie infolge von Plünderungen unbewohnbar. Die wenigen stehen gebliebenen Gebäude waren überfüllt. Zur Wohnungsnot, Lebensmittel- und Brennstoffknappheit kam noch der strenge Winter hinzu. Die angelaufenen Hilfsgütertransporte konnten nur die schlimmste Not lindern.
Unsäglich groß war auch das seelische Leid, hervorgerufen durch dass bestialische Morden und die

Vergewaltigungen vor den Augen der nächsten Angehörigen. Mancherorts gab es kaum eine Familie, die nicht den Verlust eines Angehörigen zu beklagen hatte.
Angesichts dieser trostlosen Lage entschlossen wir uns, mit einer Weihnachtsfeier und anschließender Bescherung den verzweifelten Menschen ein Licht anzuzünden. Mit sechs großen Koffern - Inhalt: Kaffee, Tee, und hundert Weihnachtsgeschenken für Kinder - reisten wir in der Weihnachtszeit zu dritt nach Zagreb und von dort mit den kroatischen Partnern ins Kriegsgebiet.
Obwohl ganz Kroatien vom Krieg heimgesucht worden war, herrschte hier auf den ersten Blick weitgehende Normalität. Die Kriegsschäden waren notdürftig beseitigt, die Menschen brauchten sich nicht mehr vor Terrorangriffen zu fürchten. Dies änderte sich schlagartig auf der Fahrt in Richtung Südosten nach Westslawonien: gespenstische Ruinen, kaum Menschen auf der Straße, fast kein Verkehr. Auch die nicht zerstörten Orte waren Geisterstädte, ein makabrer Vorgeschmack dessen, was uns an unserem Ziel erwartete. Neben bis auf die Grundmauern zerstörten Häusern war von der dortigen Kirche nur noch der Fußboden übrig. Verbrannte Erde hatten die serbischen Truppen zurückgelassen und nicht einmal Gotteshäuser geschont.
Mit "Apokalypse" kommentierte der Pfarrer der kleinen Ortschaft Rajc diesen Wahnsinn. Er setzte sich bis zur Erschöpfung für das Wohl seiner Gemeinde ein und hieß uns herzlich willkommen.
Wir waren erstaunt, dass bei all dem Mangel unsere Gastgeber uns großzügig bewirteten und von dem

Wenigen mit uns teilten, was ihnen zur Verfügung stand. Damit und mit der Herzlichkeit, die wir erfuhren, waren auch wir die Beschenkten.

Der Pfarrer und seine Mitarbeiter waren froh, dass wir die Mühe auf uns genommen hatten. Die Gemeindeleitung wäre nicht in der Lage gewesen, nach der kommunistischen Diktatur und den anschließenden Kriegswirren allein eine solche Feier auszurichten.

Von den öffentlichen Gebäuden war nur eine Halle der Feuerwehr stehen geblieben. Sie diente gleichzeitig als Kirche, als Versammlungsraum und als Notunterkunft für heimgekehrte Kriegsflüchtlinge, deren Häuser zerstört waren.

Unsere Partner baten uns inständig, nicht von Versöhnung zu reden. Noch waren die seelischen Wunden zu tief und der Hass zu groß. Die Betroffenen hätten solch gut gemeinten Worte als Hohn empfunden.

Es ist zu wünschen, dass ähnlich wie nach dem Zweiten Weltkrieg aus Feinden Freunde werden.

Auch in der kalten, nüchternen Feuerwehrhalle verstanden es die Organisatoren, mit einem Weihnachtsbaum, Kerzenlichtern, den richtigen Worten sowie kroatischen und einigen deutschen Weihnachtsliedern eine Atmosphäre der Wärme und Geborgenheit zu schaffen. Diese Feierstunde ließ die von Krieg und Not gezeichneten Menschen für einige Augenblicke ihr Elend vergessen. Selbst junge Männer in Kampfanzügen nahmen mit ihren Kindern an der Veranstaltung teil. Groß war die Freude der Kinder beim Auspacken der Weihnachtsgeschenke, bestehend aus Weihnachtskeksen, Malbüchlein und Buntstiften.

Beim Abschied sagten unsere Gastgeber, wir sollten

wiederkommen, denn das Schlimmste stehe noch bevor...

Eine Weihnachtsgeschichte
nach Leo Tolstoi

Ein großer Tag für Vater Martin

Vor vielen Jahren, da lebte in einem Dorf im weiten Russland ein Schuhmacher. Er hieß Martin. Aber niemand im Dorf nannte ihn einfach Martin, auch nicht Herr Martin oder Schuster Martin. Wenn er ins Dorf ging, grüßten ihn die Leute: "Guten Tag, Vater Martin", denn alle hatten ihn gern.
Vater Martin war nicht reich. Alles, was er auf dieser Welt besaß, war eine kleine Werkstatt mit einem Fenster zur Dorfstraße. Hier lebte er, hier schlief er und hier arbeitete er. Aber Vater Martin war auch nicht arm. Er hatte alles, was er zum Leben brauchte: sein Werkzeug, einen schönen gusseisernen Herd, auf dem er sein Essen kochte und wo er sich die Hände wärmen konnte, einen knarrenden Schaukelstuhl, in dem er gern saß und ein kleines Schläfchen hielt, eine große Öllampe, die er anzündete, wenn es dämmrig wurde und ein bequemes Bett mit einer Flickendecke. Es gab genügend Leute, die Schuhe brauchten oder alte repariert haben wollten, so dass Vater Martin immer alle Hände voll zu tun hatte.
Vater Martin war immer fröhlich ...und grüßte fröhlich die Menschen, die an seinem Fenster vorübergingen.
Aber einmal war alles anders. Es war Heiligabend, und

Vater Martin stand traurig am Fenster. Er dachte an seine Frau, die vor vielen Jahren gestorben war, und an seine Söhne und Töchter. Sie waren längst erwachsen und fortgezogen. An diesem Tag feierten sie zu Hause bei ihren Familien. Nur Vater Martin war ganz allein.
Vater Martin schaute die leere Dorfstraße hinauf und hinunter. Aus allen Fenstern fiel das warme Licht von Kerzen und Lichtern. Er hörte die Kinder lachen und über ihre Geschenke jubeln. Der Duft von Gebratenem und Gebackenem drang durch alle Fenster- und Türritzen seiner Werkstatt. "Kinder, Kinder!" seufzte Vater Martin und kratzte sich am Kopf. Dann zündete er die Öllampe an, ging zu dem hohen Regal hinüber und holte ein altes Buch mit braunem Einband herunter. ... Dann begann er zu lesen. Ganz langsam las er die Weihnachtsgeschichte. Er las von Maria und Josef und von Jesus, der in einem Stall geboren wurde. "Kinder, Kinder", murmelte Vater Martin. Und kratzte sich am Kopf. "Wenn sie zu mir gekommen wären, dann hätten sie in meinem guten Bett schlafen können. Ich hätte den Jungen mit meiner warmen Decke zugedeckt. Wie schön wäre es, an Weihnachten Besuch zu bekommen und erst mit einem kleinen Kind!" ... Dann goss er sich eine Tasse Tee ein und las weiter. Und er las von den drei Königen, die durch die Wüste kamen und kostbare Geschenke brachten. "Kinder, Kinder!" seufzte Vater Martin. "Wenn Jesus zu mir gekommen wäre, hätte ich gar nichts für ihn gehabt." Doch dann lächelte er, und seine Augen funkelten hinter der kleinen, dunklen Brille. Er stand auf und ging zu einem Regal. Oben stand eine staubige Schachtel, die fest verschnürt war. Er öffnete sie und holte ein Paar winzige Schuhe daraus hervor. Martin

betrachtete die kleinen kostbaren Schuhe liebevoll. Es waren die schönsten Schuhe, die er jemals gemacht hatte und die ersten Schuhe für seine Kinder. "Die kleinen Schuhe hätte ich ihm gegeben. Sorgfältig packte er sie wieder ein und las weiter, und nach einer Weile schlief er über dem Buch ein.

Draußen wurden die Nebelschwaden immer dichter. Wie Schatten huschten sie an seinem Fenster vorüber. Aber Vater Martin schlief fest und schnarchte leise. Plötzlich hörte er deutlich eine Stimme: "Vater Martin!" Der alte Mann sprang auf. Sein grauer Schnurrbart zitterte. Wer ist da?" "rief er. ...Im Zimmer schien niemand zu sein. "Vater Martin!" hörte er wieder die Stimme. "Du hast dir gewünscht, dass ich dich besuche. Achte morgen auf die Straße. Denn morgen werde ich zu dir kommen. Aber pass genau auf, damit du mich erkennst; denn ich sage dir nicht, wer ich bin"

Dann war alles wieder still. ... Draußen hörte er von überallher Glocken läuten. Heute war ja Weihnachten!

"Das war er" sagte der alte Mann zu sich selbst. Vielleicht habe ich auch bloß geträumt'? - Nun, ich werde jedenfalls morgen genau aufpassen, aber woran soll ich ihn erkennen?' Er ist ja kein kleines Kind geblieben. Später war er ein erwachsener Mann, ja ein König. Man sagt sogar, er war Gott selber." Vater Martin wiegte den Kopf. "Kinder, Kinder", murmelte er. "ich muss gut aufpassen". Vater Martin ging in dieser Nacht nicht mehr ins Bett.

Dazu war er viel zu aufgeregt. Er saß in seinem Lehnstuhl, schaute immer wieder aus dem Fenster und beobachtete aufmerksam die ersten Leute, die am frühen Morgen an seinem Haus vorbeigingen.

Endlich tauchte am Ende der kleinen Gasse ein Mann auf. Gespannt schaute Vater Martin aus dem Fenster. War es Jesus? Doch als der Mann näher kam, trat Vater Martin enttäuscht zurück. Es war der alte Straßenkehrer, der jede Woche mit einem Reisigbesen die Straße fegte. Vater Martin ärgerte sich ein wenig. Schließlich hatte er Besseres zu tun, als nach einem alten Straßenkehrer Ausschau zu halten. Er wartete doch auf den König Jesus. Enttäuscht wandte er sich von dem Fenster ab. Er wartete, bis der alte Mann vorüber gegangen sein musste, und schaute wieder nach draußen.
Doch der Straßenkehrer war auf der gegenüberliegenden Straßenseite stehen geblieben. Er stützte sich schwer auf seinen Besen, rieb sich die Fäuste und stapfte mit den Füßen. Wahrscheinlich fror der alte Mann erbärmlich. Und überhaupt, dass er an Weihnachten arbeiten musste! Vater Martin bekam Mitleid. Er klopfte an die Fensterscheibe, aber der Alte hörte es nicht. Darum öffnete Vater Martin die Tür einen Spalt breit. "He!", rief er "he Brüderchen!" Der alte Mann blickte erschreckt um sich- die Leute behandelten einen Straßenkehrer oft sehr unfreundlich. Martin lächelte. Wie wäre es mit einem Tässchen Tee? , fragte er. "Du siehst so aus, als ob du bald zu einem Eiszapfen erstarrt bist." Der Straßenkehrer ließ sich nicht zweimal bitten. "Vergelt's Gott", murmelte er verlegen, als er in die warme Schuhmacherwerkstatt trat. "Das ist sehr gütig von Euch, sehr gütig." Vater Martin goss ihm aus der Kanne heißen Tee ein. "Nicht der Rede wert", sagte er über die Schulter. "Schließlich feiern wir heute Weihnachten." "Ach ja, Weihnachten - dies ist mein einziges Weihnachtsgeschenk." Der alte Mann putzte sich die -

Nase. Während er am Ofen saß, dampften seine feuchten Kleider und trockneten langsam. Vater Martin kehrte zu seinem Platz am Fenster zurück und beobachtete weiter die Straße. "Wartest wohl auf Besuch?", fragte der alte Straßenkehrer mit rauer Stimme. "Ich bin ungelegen, stimmt's?"
Vater Martin schüttelte den Kopf. "Nein, ich... Nun ja, hast du schon mal etwas von Jesus gehört?" "Gottes Sohn?" fragte der alte Mann. Dann erzählte er, was sich in der Nacht zugetragen hatte. Der Straßenkehrer stellte seine Tasse beiseite und schüttelte den Kopf: "Nein, was es alles gibt!" sagte er. "Viel Glück und vielen Dank für den Tee." Dann ging er.
Vater Martin folgte ihm bis zur Tür und winkte ihm nach. Eine blasse Wintersonne stand nun am Himmel. Ihre Strahlen gaben gerade soviel Wärme, dass auf den Pflastersteinen und an der Fensterscheibe das Eis zu tauen begann.
Jetzt waren noch mehr Leute unterwegs. Viele nickten Vater Martin zu und wünschten Frohe Weihnachten. Vater Martin winkte und lächelte zurück, aber Lust zu einem Schwätzchen hatte er nicht. Er wartete auf einen anderen Gast....
Gerade wollte Vater Martin die Tür wieder zumachen, da fiel sein Blick auf eine zerlumpte Gestalt. Es war eine junge Frau. Sie trug ein Kind auf dem Arm und sah abgemagert und erschöpft aus. "Hallo", rief Vater Martin, "wollt Ihr nicht hereinkommen und euch ein wenig aufwärmen?" Ängstlich blickte die Frau auf. Sie schien einen Augenblick zu überlegen, ob sie nicht besser wegrennen sollte. Aber dann sah sie die fröhlichen Augen hinter Vater Martins Brille. "Sie sind

ein guter Mensch", sagte die junge Frau, als sie in das kleine Zimmer trat. Vater Martin zuckte mit den Achseln. "Hast du noch einen weiten Weg vor dir - mit dem Kind?" fragte er. "Bis ins nächste Dorf ist es ein gutes Stück" antwortete sie leise. Dort habe ich Verwandte, wo wir vielleicht bleiben können. Ich habe keinen Mann, wissen Sie " Vater Martin nahm das kleine Kind auf seinen Arm. "Wollt ihr erst Brot und Suppe mit mir essen?" fragte er. Aber die Frau schüttelte stolz den Kopf. "Aber wenigstens etwas Milch für den Kleinen, ich mache sie schnell auf dem Herd warm, keine Sorge". Vater Martin zwinkerte mit den Augen, "ich habe selber Kinder gehabt." Das Kind lachte und strampelte mit den Beinen. "Kinder, Kinder", sagte Vater Martin kopfschüttelnd, "der arme Kleine hat ja gar keine Schuhe an!" "Dafür haben wir kein Geld", seufzte die junge Frau bitter. Vater Martin kratzte sich am Kopf. Ein Gedanke machte ihm zu schaffen. Die Schachtel auf dem hohen Regal! Die Schuhe, die er vor langer Zeit gemacht hatte! Vater Martin nahm zögernd die Schachtel vom Regal. Die Schuhe passten dem Kleinen, als wären sie extra für ihn angefertigt worden. Hier nehmen Sie diese", sagte Vater Martin. Die junge Frau war überrascht. "Wie kann ich Ihnen nur danken'?' rief sie glücklich.
Aber Vater Martin hörte schon nicht mehr richtig zu. Verstohlen blickte er zum Fenster hinaus. "Ist etwas nicht in Ordnung'?" fragte die junge Frau besorgt. "Heute ist doch Weihnachten", sagte Vater Martin.. "Da kam Jesus zur Welt." Die Frau nickte. "Jesus will heute zu mir kommen" erklärte Vater Martin, "er hat es mir versprochen." Und dann erzählte er von seinem Traum - wenn es wirklich nur ein Traum war. Die junge Frau

hörte aufmerksam zu. Sie schien den Worten des alten Schuhmachers nicht ganz zu glauben, aber zum Abschied drückte sie ihm dankbar die Hand. "Ich hoffe, dass erkommt", meinte die Frau. "Sie haben es wirklich verdient. Sie waren so gut zu mir und zu meinem Kind." Vater Martin schloss die Tür hinter der Frau. Dann stellte er den Topf mit der Kohlsuppe aufs Feuer und kehrte zu seinem Fensterplatz zurück.
Die Stunden vergingen. Vater Martin schaute sich jeden der Menschen genau an, die an seinem Fenster vorübergingen. Plötzlich bekam er Angst. Vielleicht war Jesus vorbeigegangen , und er hatte ihn nicht erkannt. Vielleicht war er ganz schnell gegangen, gerade als Vater Martin für ein paar Sekunden nach dem Feuer oder der Suppe geschaut hatte.... Er rannte zur Tür. Draußen waren allerlei Menschen unterwegs, Kinder, alte Männer und Frauen, Bettler, fröhliche und traurige Leute. Einige grüßte er mit einem Lächeln, andere nur mit einem Nicken. Aber Jesus war nicht dabei. Als es dunkel wurde und der graue Dezembernebel wieder durch die Straßen kroch, zündete der Schuster traurig seine Öllampe an und setzte sich in den Schaukelstuhl. Er nahm wieder das Buch zur Hand. Aber sein Herz war schwer und seine Augen zu müde, um die Worte zu entziffern. "Es war doch alles nur ein Traum, dachte er verzagt. "Und ich hatte mich so darauf gefreut, dass Jesus zu mir kommt." Tränen stiegen ihm in die Augen, so dass er kaum noch etwas sehen konnte.
Doch plötzlich war ihm, als sei er nicht mehr allein im Zimmer. Zogen da nicht Menschen durch die Werkstatt? Vater Martin wischte dich die Tränen aus den Augen. Waren das nicht der Straßenkehrer und die junge Frau

mit ihrem Kind - all die Leute, die er gesehen und gesprochen hatte? "Hast du mich nicht erkannt? Hast du mich wirklich nicht erkannt, Vater Martin?", fragten sie ihn im Vorbeigehen. "Wer seid ihr?" rief der alte Schuster. "Sagt es mir!" Da hörte Vater Martin dieselbe Stimme wie in der Nacht zuvor, obwohl er nicht hätte sagen können, woher sie kam: "Ich bin hungrig gewesen, und ihr habt mir zu essen gegeben. Ich bin ein Fremder gewesen, und ihr habt mich aufgenommen. Ich bin nackt gewesen, und ihr habt mich gekleidet. Wo immer du heute einem Menschen geholfen hast, da hast du mir geholfen!"
Dann war alles wieder still. "Kinder, Kinder!" murmelte Vater Martin leise und kratzte sich am Kopf. "Dann ist er also doch gekommen! Dann hat Jesus mich tatsächlich besucht!" Er lächelte und seine Augen zwinkerten fröhlich hinter der kleinen Brille.

(Quelle: Il Ponte, Nr. 73 Dezember 2010, Gengenbach)